KB067217

_____ 님의 소중한 미래를 위해
이 책을 드립니다.

생의 마지막에서
간절히 원하는 것들

생의 마지막에서
간절히 원하는 것들

상처로
남지 않을
죽음을 위하여

태현정 외 지음

메이트북스

메이트북스 우리는 책이 독자를 위한 것임을 잊지 않는다.
우리는 독자의 꿈을 사랑하고,
그 꿈이 실현될 수 있는 도구를 세상에 내놓는다.

생의 마지막에서 간절히 원하는 것들

초판 1쇄 발행 2020년 2월 5일 | 초판 3쇄 발행 2023년 11월 1일
지은이 태현정 · 서윤희 · 정선형 · 이충원 · 양아름 · 박진노
펴낸곳 ㈜원앤원콘텐츠그룹 | 펴낸이 강현규 · 정영훈
책임편집 안정연 | 편집 남수정 | 디자인 최선희
마케팅 김형진·이선미·정재훈 | 경영지원 최향숙
등록번호 제301-2006-001호 | 등록일자 2013년 5월 24일
주소 04607 서울시 중구 다산로 139 랜더스빌딩 5층 | 전화 (02)2234-7117
팩스 (02)2234-1086 | 홈페이지 www.matebooks.co.kr | 이메일 khg0109@hanmail.net
값 15,000원 | ISBN 979-11-6002-273-5 03810

이 도서의 국립중앙도서관 출판시도서목록(CIP)은 e-CIP홈페이지(http://www.nl.go.kr/ecip)에서
이용하실 수 있습니다.(CIP제어번호 : CIP2020002489)

삶을 깊이 이해하면 할수록
죽음으로 인한 슬픔은 그만큼 줄어든다.

· 레프 톨스토이(작가 겸 사상가) ·

죽음이 다가오는 순간에
알게 되는 것들

나와 나의 동료들은 '죽음'이라는 것을 가장 많이 접하는 곳에서 일상의 삶을 살아가고 있습니다. 그리고 그 속에서 우리들에게 주어진 '값진 것'들을 깨달으며 살아가고 있습니다. 걸음을 걷는 힘, 달릴 수 있는 건강함, 불편함 없이 숨을 쉬는 것, 매일 함께하기에 그 존재를 인식하지 못했던 소중한 가족들, 늦은 시간에 허기를 달래고자 먹는 컵라면과 맥주 한잔의 여유 등을 말이죠.

사람들은 죽음이 다가오는 순간에는 일상의 '소소한 것'들이 '간절한 것'이라는 사실을 알게 됩니다. 그리고 어느 순간부터 내 하루의 삶이 무척 가치있고 소중하다는 사실을 알아가는 나 자신도 볼 수 있었습니다.

내가 누리고 있는 것들의 고유한 가치들을 생각하게 됩니다. 삶의 소소한 것들이 죽음 앞에서는 더없이 소중해집니다. 그리고 죽음은 '나 자신이 얼마나 소중한 사람인지'에 대해서도 조금씩 알려주는 것 같습니다. 나에게 나 자신이 걸어온 시간의 의미를 상기시켜주며 내가 걸어온 시간과 앞으로 걸어갈 시간에 대해 알려주었습니다.

세상을 바쁘게 살아가다 보면, 죽음이란 것이 아주 멀게만 느껴집니다. 그래서 죽음이 다가오면 더 두렵고, 더 무섭고, 더 낯설게 느껴지는 것이지요. 우리들은 이 죽음을 자주 경험합니다. 우리가 경험하는 죽음은 인생에서 더 중요한 것이 무엇인지를 암시해주었습니다.

나와 동료들은 호스피스 완화의료 일을 합니다. 우리는 이 일에 소중한 의미를 부여하고, 만나는 모든 사람들과 함께 추억을 만들어갑니다. 이 책을 통해 우리는 죽음에 관한 이야기를 나누고자 합니다. 우리들이 경험하는 죽음에 대해서 각자가 맡은 영역에서 담담하게 적어나갔습니다.

우리가 있는 곳은 사람들의 삶이 있습니다. 그리고 죽음과 이별을 경험하는 곳이기도 합니다. 우리는 삶의 자리가 머물러 있는 이곳에서 겪는 일들이 가끔은 '지친 삶에 따뜻한 온기를 전해주었으면' 하는 바람이 있습니다. 그리고 죽음이라는 것이 두렵고 무섭지만은 않은 것임을, 죽음과 가장 가까운 거리에 있는 우리들의 이야기로 전달되어지기를 바라봅니다.

우리들의 삶과 죽음에는 이야기가 많습니다. 이 책에 많은 사람들의 이야기를 담았습니다. 죽음은 특별한 것이 아니라, 모두에게 주어지는 삶입니다. 죽음과 삶 그리고 그 속에 담겨 있는 많은 의미들이 여러분에게 전달되기를 바랍니다.

호스피스 완화병동 식구들, 병원을 거쳐간 수많은 환자와 그들의 가족들 그리고 도움을 주신 많은 분들에게 진심으로 감사의 마음을 전합니다.

저자 일동

추천의 글

아름다운 마무리,
아름다운 삶

나의 어머니와 동생이 '암'으로 이 세상을 떠났습니다. 인간
이 할 수 있는 모든 노력들의 끝에 내가 동생에게 받은 메시
지는 "누나, 나 이제 그만 보내줘"였습니다. 우리 어머니는 그
힘든 고통 속에서도 진통제조차 맞는 것을 거부하셨습니다.
"참을게. 아편쟁이가 되면 너희들 어떻게 하려고…"라고 말
씀하셨지요.

나는 암 환자를 대할 때마다 늘 우리 어머니와 동생을 떠올
립니다. 나는 죽음을 인정하기보다는 좋은 병실, 좋은 치료기
구, 유명한 의사, 좋은 약이 나오기를 기대했지요. 하지만 그들
에게 고통만 안겨주고 보낸 나의 무지가 죄스럽기도 합니다.

몇 년 전 지방 출장을 간 적이 있습니다. 전북 장수군 보건 진료소 산하 말기암 환자를 뵈러 갔습니다. 그는 서울에서 치료가 불가능해서 퇴원한 환자였습니다. 그가 방문객인 우리에게 처음 힘들게 한 말은 "제발 나 좀 죽게 해줘요"였습니다. 지금 이 시점에도 얼마나 많은 환자들이 '아프고 힘들어서' 죽고 싶어하는지, 우리는 잘 모르고 있습니다.

나는 잠깐 대하는 환자들에게서 들은 이야기만으로도 이렇게 힘이 드는데, 이 일을 매일 하는 현장의 여러분들은 '얼마나 힘들까' 하는 생각이 들었습니다. 그리고 많은 도움을 주지 못하는 나의 삶이 부끄럽게 느껴질 때가 많았습니다.

3년 전, 보바스기념병원 호스피스 병동에서 한 초등학교 6학년 학생을 마주친 적이 있습니다. 그 학생은 나를 보더니 이렇게 물어보았습니다. "교수님, 우리 어머니가 나을 수 있을까요?"

순간적으로 어떻게 대답해야 할지 망설이다가 이렇게 이야기했습니다. "나을 수도 있고, 그렇지 않을 수도 있으니 더 자주 어머니를 뵈러 오렴. 어머니가 돌아가셔도 낙심하지 말고 열심히 살아야 한다"라고 말입니다.

이렇듯 예상치 못한 질문을 받으면, 어떤 이야기를 어떻게 해야 할지 망설이는 경우가 많습니다. '이 책을 미리 읽어보았다면 조금이나마 그 아이에게 힘이 되어주는 말을 해줄 수 있지 않았을까' 하는 아쉬움이 남기도 합니다.

하나님은 인간을 창조하실 때 이 세상에 출생하는 시간은 알게 하셨으나, 생을 마감하는 시간과 이후의 새로운 세상이 있음을 잘 모르게 하셨습니다. 때문에 죽음으로 인한 이별은 이리도 슬프고 힘든 게 아닌가 싶습니다.

그러나 "끝이 좋으면 모든 게 좋다"는 말처럼 이 세상 삶이 힘들고 아프고 어려웠어도 죽음이 아름답게 정리되면 우리 모두의 삶도 아름답게 마무리되어집니다.

모두의 삶이 존엄하고 귀하듯, 모두의 죽음도 존엄하고 귀합니다. 이 책을 통해 반드시 다가올 스스로의 죽음을 생각해 볼 수 있을 것이며, 나아가 현재를 자신에게 의미 있는 시간으로 채워나갈 수 있을 것입니다.

박노례 석좌교수(인제대학교 보건대학원)

차례

'언젠가'라는 이름으로 미루고 있는 일들이 있다면, 지금 바로 시작하십시오. '언젠가'는 영영 오지 않을 수도 있습니다. 미루고 있는 일들 중에 특별히 누군가를 용서하거나 누군가에게 용서를 구해야 하는 일이 있다면, 더더욱 미루어서는 안 됩니다. 오늘이 마지막 날이라고 생각하고 용기를 내세요. 그리고 지금 내 곁에 있는 사람들에게 "사랑한다"고 말해주세요. 상처로 남지 않을 죽음을 위해서 마음껏 사랑하고, 삶에 대한 그리고 사람에 대한 감사함으로 죽음이 아닌 이별을 준비하길 바랍니다.

1장

내게 두려운 건

죽음뿐이었습니다

태현정

내게 두려운 건
죽음뿐이었습니다

내가 잘 알지 못하는 상황이나 대상에 대한 불안감이 두려움을 만듭니다. 우리는 한 치 앞도 내다볼 수 없는 인간이기에, 두려워하는 마음이 당연한 것일지 모릅니다.

날마다 뉴스에서는 크고 작은 사건과 사고들이 넘쳐납니다. 입에서 입으로 혹은 SNS를 통해서 전해지는 소식들은 우리를 더욱 놀라게 합니다. 이렇게 혼란스러운 세상 속에서 두려워하지 않고 살아가기란 쉽지 않습니다.

다만 우리의 분주한 일상이 근본적인 두려움이란 감정을 묻어버리고, 아무 일도 없었던 듯이 똑같은 일상을 되풀이하게 만듭니다. 두려워할 만한 조금의 시간적인 여유도 주지 않는 것이지요.

그러나 반복되는 일상에서 조금이라도 틈이 생기면 불안, 두려움, 공포 같은 어두운 감정들이 슬며시 나옵니다. 일상을 깨트리는 것들 중에서 가장 강력한 것이 바로 '죽음' 아닐까요? 사랑하는 이의 죽음을 경험하거나 죽음이 눈앞으로 다가와 있는 상황에 놓인다면 어떨까요? 그런 상황에서 죽음에 대해 전혀 준비가 되어 있지 않다면, 그것만큼 두렵게 만드는 일은 없을 것입니다.

처음 내가 '두려움'이란 감정을 경험한 때는 초등학교 시절입니다. '초등학교'가 '국민학교'로 불리던 시절이었고, 학교에서 반공교육을 받던 시절이었습니다. 철저한 반공교육 때문인지 그때는 전쟁이 두려움의 대상일 수밖에 없었지요. 잠자리에 들 때마다 나는 전쟁이 일어날까봐 무서웠고, 꿈에서는 전쟁이 일어나서 피난을 다니기도 했습니다.

초등학생 아이가 감당하기에는 꽤 심한 두려움이었지만 어느 누구에게도 말할 수는 없었습니다. 다들 너무나도 아무렇지 않게 하루하루를 살았고, 전쟁을 염려하는 것은 나밖에 없는 듯했기 때문입니다.

그러다 시간이 지나가면서 깨달았습니다. 전쟁은 여러 나라들의 이해관계가 얽혀 있기에 그렇게 쉽게 일어나지 않는다는 것을요. 사춘기를 지나면서 나의 관심사는 자연스레 전쟁과 죽음에서 멀어졌습니다.

그렇게 한동안은 죽음이라는 것을 잊어버렸고, 현재의 삶을 충실하게 살았습니다. 게으름 피우지 않고 주어진 삶을 성실히 살았지요. 그러다 어느덧 중년의 나이가 되었고, 지금 살고 있는 이 순간들이 내 인생에서 가장 행복하다고 느끼게 되었습니다.

그러나 행복을 만끽할 수 있었던 것은 잠시뿐이었습니다. 어느 순간부터 이 행복한 삶이 한꺼번에 뺏길 수도 있다는, 죽음에 대한 두려움과 다시 마주하게 되었습니다.

대학생이 되면서 집안 형편이 어려워졌습니다. 이전까지 남부러울 것 없이 자라왔기에 받아들이기 어려운 상황이었습니다. 집안 형편이 어려워졌다는 사실보다는 다른 사람들이 그 사실을 알게 되는 것이 더 견딜 수가 없었고, 사람들이 나를 동정하는 눈빛으로 바라보는 것이 더 힘들었습니다.

그래서 이 상황을 아무도 알지 못하게, 어떻게든 나 혼자의 힘으로 해결해보려고 안간힘을 다했습니다. 열심히 공부했고, 또 열심히 일했습니다. 대학 생활 6년을 가까스로 버티고, 서울에서 인턴을 시작했습니다. 그러면서 힘들었던 상황을 조금씩 벗어날 수 있었지요.

이후 서울에서의 생활은 순탄했습니다. 원하는 진료과로 전공의 과정을 시작할 수 있었고, 지금의 남편도 수련 과정 중에 만났으니까요. 결혼도 하고, 어여쁜 두 아이의 엄마도 되었습니다.

임상 강사 과정을 마치고 지금 근무하는 병원으로 옮겨 일을 시작했습니다. 누가 봐도 행복해 보이는 삶이었고, 남들이 부러워할 만한 삶이었습니다. 온전히 나의 노력 하나만으로 이루어낸 삶이라고 생각했습니다.

그러던 어느 순간부터 죽음에 대한 생각이 떠올랐습니다. 가장 행복한 인생의 한 시절을 보내면서 죽음을 생각한다는 것이 아이러니일 것입니다.

행복한 인생을 혼자만의 힘과 노력으로 만든 것이라고 믿고 있었다면, 자기가 만들어낸 삶에 대한 강한 집착이 생길 수밖에 없습니다. 그러니 그 삶을 망가뜨리려고 위협한다면, 그 상대가 누구든지 혹은 무엇이든지 그로부터 삶을 악착같이 지키려고 할 것입니다. 그러나 그 상대가 내가 노력한다고 해서 전혀 알 수도 없고, 또 내가 아무리 힘과 능력이 뛰어나다고 하더라도 결코 이길 수 없는 '죽음'이라면 어떨까요? 나의 노력으로는 도저히 감당할 수 없기에, 나는 인생의 가장 아름다운 시절에 죽음이 그 행복한 삶을 송두리째 빼앗을까 봐 다시 두렵고 떨리기 시작했습니다.

혼자 가만히 있을 때, '과연 내가 죽어야 하는 순간이 되면 어떨까?'라고 상상했습니다. 그러면서 소스라치게 놀라기도 했습니다. 입원 환자의 대다수가 노인 환자인 요양병원에서 일하면, 상급 병원에서 일하는 다른 의사들보다는 환자의 임종을 더 많이 경험합니다. 그런데 그럴수록 죽음에 익숙해지는 것이 아니라, 시간이 지날수록 죽음은 점점 더 두려운 존재로 다가왔습니다.

환자가 임종할 때마다 '이 환자는 지금 순간이 얼마나 두려울까? 이 세상에 사랑하는 사람들을 두고서 얼마나 떠나기 싫을까? 내가 만약 저 자리에 누워 있다면, 과연 어떤 감정이 들까?'라는 생각을 했습니다.

환자의 죽음 앞에서 좀더 객관적이고 의연해야 할 의사임에도 불구하고, 개인적인 감정들 때문에 눈시울을 붉힐 때도 많았습니다.

임종 선언을 하기 위해 싸늘해진 환자 앞에 서면 겁이 나기도 했습니다. 불과 몇 시간 전까지만 해도 환자는 나와 눈을 맞추며 교감을 했었는데, 이제는 눈을 감고 차디찬 시신으로 누워 있으니까요. 그 모습은 아무리 의사라고 하더라도 두렵고 떨리게 만들었습니다.

죽기 싫었습니다. 그렇게 차가운 모습으로 내가 사랑하는 모든 것을 남겨두고 이 세상을 떠나기가 싫었고, 어디로 가는지도 모르기에 떠나기가 무서웠습니다. 이 세상 모든 것을 가졌다고 착각한 내게, 두려운 것은 오직 '죽음'뿐이었습니다.

그렇게 인생의 가장 아름다운 시절에 '행복'을 마음껏 누릴 자격이 주어졌음에도 불구하고, 죽음에 대한 두려움으로 불안한 삶을 이어갔습니다. 그러던 중 남편의 연수 때문에 2년 동안 해외에 거주하게 되었지요. 그곳에서 풀리지 않을 것만 같았던 인생의 숙제에 대한 해답을 의외로 쉽게 찾을 수 있었습니다. 종교를 통해서 말이지요.

현재의 삶에서 온전히 나의 힘과 능력으로 가졌다고 생각하는 것들은 실제로 나의 소유가 아니고, 죽음이 아니더라도 내 삶을 파괴하고 내 소유를 빼앗아갈 수 있는 것들은 많다는 것을 깨달았습니다. 인간인 내가 혼자 힘으로는 도저히 내 삶을 지킬 수 없다는 것도 알게 되었습니다. 그리고 죽음이 끝이 아니라는 것도, 현재의 삶에만 가치를 두는 것이 아니라 죽음 너머에 있는 삶에도 가치를 두고 살아야 한다는 것도 알게 되었습니다.

그렇게 나는 죽음에 대한 두려움에서 벗어날 수 있었습니다. 지금 당장 죽는다고 하더라도 편안했고, 죽는 순간을 상상하는 무서운 습관도 사라졌습니다. 참으로 감사한 일이었습니다.

누구든지 기나긴 인생의 여정에서 종착역인 죽음에 대해 한 번쯤은 진지하게 고민해볼 기회가 생길 것입니다. 검진 결과에 이상 소견이 있다고 통보를 받거나, 누군가의 장례식장에 가거나, 천재지변으로 수천 명이 사망했다는 뉴스 보도를 듣는다면, 죽음이 눈앞에 있는 것처럼 느껴질 것입니다. 그러면 자신의 죽음에 대해 한 번쯤은 생각하게 되겠지요.

많은 사람들은 '죽음'이라고 하면 두려움과 공포를 먼저 떠올립니다. 나이가 들어갈수록 죽음은 먼 미래의 일이 아니라, 현재의 일상처럼 가까이 다가옵니다. 두려움과 공포의 모습으로 밀려오지요. 그러나 우리는 알 수도 없고, 미리 준비할 수도 없는 죽음 때문에 남은 생을 두려움으로 살 수는 없습니다.

우리의 남은 삶을 다가올 죽음에게 빼앗기지 않으려면, 죽음의 의미에 대해 진지하게 고민해봐야 합니다. 그리고 그 나름대로 설명할 수 있게 준비해두는 것이 필요합니다.

그래서 많은 사람들이 종교적인 방법을 통해 죽음을 받아들입니다. 꼭 종교적인 방법이 아니더라도 좋습니다. '죽는다'는 의미에 대해 한 번쯤은 진지하게 고민해볼 필요가 있다는 것입니다. 그래야 죽음이라는 인생의 종착역에서 허둥대지 않고, 삶이라는 기차에서 내릴 수 있기 때문입니다.

새벽 5시. 나는 알람 소리와 함께 하루를 시작합니다. 호스피
스 병동에서 일하면서 아침에 눈을 뜨자마자 습관적으로 하
는 것이 있습니다. 자는 동안 수신된 문자메시지를 확인하는
것이지요. '금일 오전 3시에 김○○ 님 임종하셨습니다. 가족
들이 오열하시기도 했지만, 마지막엔 저희에게 고마움을 전
하시고 가셨습니다.' 병동 간호사가 남긴 메시지를 보면, 어
깨가 더욱 무겁게 느껴집니다.

한밤중에도 삶과 죽음의 경계를 넘나들며 잠을 이루지 못
하는 환자들이 참 많습니다. 그래서 병동 간호사의 다급한 전
화를 놓치지 않으려고 휴대폰은 언제나 내 곁에서 대기하고

있지요. 호스피스 병동에서 일하면서 매일 죽음과 함께하는 삶이라 해도, 죽음은 익숙해지지 않고 늘 어렵기만 합니다. 어쩌면 응급실이나 중환자실에서 생사를 넘나드는 환자들을 돌보는 것만큼, 아니 심적으로는 그보다 훨씬 더 힘든 일일지도 모릅니다.

매 순간마다 죽음을 생각해야 하고, 삶을 생각해야 합니다. 그렇기에 머릿속은 늘 복잡하고 혼란스럽습니다. 오늘도 나는 누군가에게 "임종이 가까워졌어요"라고 말해야 하고, 또 다른 이에게는 "오늘을 맞이할 수 있어서 감사해요"라고 말해야 합니다.

세상 사람들은 삶을 위해 일하지만 호스피스 병동에서는 가치 있는 죽음을 위해 일합니다. 날마다 누군가의 죽음에 대해서 이야기해야 합니다. 그렇기에 호스피스 병동에서 일하다 보면, 죽음이라는 것에 대해 진지하게 고민하는 일이 필연적인 일이지요.

'죽는다'는 것은 통상적으로 두렵고 무서운 일입니다. 죽기 전에 미리 경험해볼 수 있는 것도 아니고, 미리 배우고 연습해볼 수 있는 것도 아닙니다. 사는 동안 알 수 없기에 죽음은 더욱 두렵고 무섭게 다가옵니다.

어떤 이에게 죽음은 사랑하는 사람들과 이별하는 절망적인 일입니다. 또 어떤 이에게는 지나온 시간에 대해 감사함을 배우는 순간이 될 수도 있고, 어떤 이에게는 다시는 떠올리고 싶지 않은 깊은 상처일 수도 있습니다. 반면에 어떤 이에게는 오히려 치열했던 생의 끝자락에서 누리는 평안한 안식일 수도 있습니다. 이처럼 죽음이라는 결말은 같지만, 각자 나름의 방식대로 죽음을 정의합니다.

호스피스 병동에서 일하면서 미리 죽음이 명확하게 정의된 삶을 살아가는 사람들보다는 그렇지 못한 사람들이 훨씬 많다는 것을 알게 되었습니다. 그들은 인생의 남은 여정을 잘 마무리하려는 것이 아니라, 잠시라도 남은 삶을 더욱 단단히 붙잡으려는 심정으로 이곳에 옵니다. 죽음에 대한 준비는 미뤄두고요. 결국 절망하다가, 분노하다가, 슬퍼하다가, 불안해하다가, 정작 마지막으로 허락된 소중한 시간들을 원망하고 후회하며 안타깝게 흘려보내고 맙니다.

마지막 순간까지 치료를 통한 삶의 연장에 대한 기대를 버리지 못하기도 하고, 진통제를 사용하면 더 빠른 속도로 나빠진다는 잘못된 믿음 때문에 통증으로 얼굴을 찡그리면서도 참습니다. 임종이 가까워지면서 발생하는 여러 가지 증상들을 "약 때문이다" "병실 환경 때문이다"라며 탓하기도 합니다. 핑계를 대면서라도 삶을 더욱 붙잡고 싶은 마음 때문이겠지요. 그리고 아직 죽음이라는 것에 직면하지 못해서이기도 하지요. 그러나 죽음 앞에서 삶에 대한 강렬한 집착은 남아 있는 소중한 시간을 빼앗아버리고 말 것입니다.

그러는 사이, 시간은 기다려주지 않고 훌쩍 지나가버립니다. 기운이 없어지고 의식은 점점 혼미해져서 죽음을 맞이할 준비를 스스로 할 수 없습니다. 결국 자신의 죽음은 다른 이들의 손에 맡겨집니다.

어느 누구도 자신이 죽음을 맞이하게 될 때 본인의 의사와는 상관없이 다른 사람들의 손에 의해 삶을 마무리하고 싶지는 않을 것입니다. 설사 '다른 사람'이 '가족'이라 할지라도 말이지요.

죽음은 한마디로 정의하기가 어렵습니다. 살아 있으면서 죽음을 이야기한다는 것은 더욱 어렵습니다. 오죽하면 건물을 지을 때, 죽을 '사'자를 떠오르게 하는 4층은 없는 층으로 만들어버릴까요. 나이가 들어서 혹은 병들어서 우리의 생각이 혼미해지기 전에, 우리가 죽는다는 것에 대해 한 번쯤은 조용히 생각해볼 수 있으면 좋겠습니다.

사람은 완벽하지 않습니다. 그렇기에 살아갈수록 실수와 잘못들이 차곡차곡 쌓입니다. 의식하든 의식하지 못하든 상관없이 말이지요. 사람에 대한 원망, 미움, 용서하지 못한 태도도 그 높이를 더해갑니다.

그런데 삶의 마지막에는 죽음이 있다는 것을 염두에 두고 산다면, 그 높이를 조금이라도 줄일 수 있지 않을까요? 잘못에 대한 반성과 사람에 대한 용서가 조금은 더 쉬워질 것입니다. 죽음을 의식한 삶을 살 수 있다면, 죽음 앞에서 삶에 대한 어리석은 집착은 버릴 수 있을 것입니다.

호스피스 병동은 죽음과 함께하는 곳입니다. 그러나 이곳에는 아직 끝나지 않은 삶이 있습니다. 그럼에도 사람들은 너무나 쉽게 이야기합니다. "아무것도 하지 않고 죽을 날만 기다리는 곳이 호스피스 병동 아닌가요?"라고 말이죠. 그렇지 않습니다. 한 사람이 치열하게 살았던 너무나 소중했던 생을 마무리하는 곳입니다. 그러니 아무것도 하지 않고 바라만 볼 수는 없는 일이지요.

갑작스럽게 진단받은 병 때문에 죽음을 미처 준비하지 못한 사람들이 많습니다. 그들에게 험한 세상을 살아오면서 그들을 할퀴고 간 마음의 상처들이 이곳에서 육신의 고통과 함께 치유되었으면 좋겠습니다.

그래서 진정한 회복과 평안과 용서와 화해를 얻게 되길 바랍니다. 죽음이 더이상 절망이 아니라, 새로운 희망이자 새로운 시작임을 알게 되길 바랍니다.

모든 일에는
다 때가 있다

호스피스 병동에서는 환자들의 입원과 퇴원이 잦을 수밖에 없습니다. 그래서 나는 참으로 많은 환자들과 가족들을 만납니다. 그 만남들 속에서 남몰래 많은 눈물을 흘리기도 했고, 한편으로는 기쁨도 있었습니다.

누군가는 "죽음이 함께하는 병동에서 어떻게 기뻐할 수 있느냐"고 반문할 수 있습니다. 그런데 아픈 몸과 힘든 마음에도 돌봐드리는 손길들을 향해서 보내주시는 가녀린 미소와 감사의 표현들이 우리의 마음을 따뜻하게 만듭니다. 돌보는 이들의 마음에도 감사와 기쁨이 넘치게 하지요.

이제껏 만났던 환자들과 가족들을 떠올리면 죽음과 관련된 여러 가지 생각들을 하게 만듭니다. 그 중 마음에 가장 깊이 새겨진 생각이 있습니다. 바로 한 생명이 이 세상을 떠나서 우리가 전혀 알지 못하고 상상할 수조차 없는 또 다른 세상으로 간다는 것, 그것은 그 생명이 이 땅에 태어나는 것만큼이나 힘든 과정이라는 것을요.

오랜 기간의 투병 생활 끝에, 혹은 급작스럽게 진단을 받아 단 한 번의 치료조차 받을 수 없는 상태로 호스피스 병동에 오는 환자들이 많습니다. 그러니 육체적으로는 물론이고 정신적으로도 힘들고 지치기 마련입니다. 환자 본인은 물론이고 간병하는 가족들도 스스로 감당할 수 없는 상태가 되는 것이지요. 이는 당연한 일입니다.

그런데 이곳에서 지내면서 죽음의 순간을 더욱 힘들고 고통스럽게 만드는 것은 통증이라는 신체적 증상 때문만은 아니라는 것을 알았습니다. 오히려 언제 찾아올지 모르는 죽음의 순간을 초조하게 기다리는 불안과 정신적인 통증이 더 힘들기도 합니다. 의학이 아무리 발달했어도 죽음의 순간이 언제인지를 정확하게 예측할 수는 없습니다. 그럼에도 환자들은 입원하면서부터 '언제쯤'이냐고 끊임없이 물어보지만, 우리들은 알 수 없다는 말만 반복해서 할 수밖에 없습니다.

'모든 일에는 다 때가 있다. 세상에서 일어나는 일마다 알맞은 때가 있다. 태어날 때가 있고, 죽을 때가 있다. 심을 때가 있고, 뽑을 때가 있다. 죽일 때가 있고, 살릴 때가 있다. 허물 때가 있고, 세울 때가 있다'라는 성경 구절이 있습니다. "죽음의 순간이 언제다"라고 말할 수는 없지만, 사람마다 정해진 때는 분명히 있습니다. 다만 우리가 미리 알 수 없을 뿐이지요.

유방암으로 투병하다가 말기 상태가 되어 병동에 입원한 환자가 있었습니다. 상태가 악화되어 의식이 없어지고, 호흡하는 것도 말기 호흡으로 변해 임종이 임박한 상태였습니다. 가족들에게 환자 상태를 설명하고, 환자의 곁을 지켜달라고 했습니다. 급기야 환자는 소변도 나오지 않았고, 임종까지 몇 시간도 채 남지 않은 상태까지 악화되었습니다.

그럼에도 환자는 이틀을 더 버텼습니다. 이틀 뒤 학교 시험을 마친 고등학교 수험생 아들이 부랴부랴 어머니를 찾아왔고, 그제야 환자는 편히 눈을 감았습니다.

어떤 환자는 뇌종양으로 투병하다가, 더이상 치료가 어렵다는 이야기를 듣고 호스피스 병동을 찾았습니다. 혼수상태로 가족들과 의사소통조차 불가능한 상태였지요. 그런데 그 상태로 한 달 정도를 버텼습니다. 환자의 상태가 안 좋은 것은 가족들이 이미 다 알고 있었습니다. 그런데 가족들이 밤농사를 하는데, 그때가 밤 수확 시기이니 수확이 마무리될 때까지 2주만 더 버티게 해달라고 했습니다.

사람의 목숨이 인간의 손에 달려 있는 것이 아니라고, 장담할 수 없다고 말씀을 드렸습니다. 그러면서 조심스럽게 경과를 지켜보기로 했습니다. 환자는 임종 과정인 상태로 2주를 버텼고, 밤 수확이 끝난 그 다음 날 임종하셨습니다.

그렇습니다. 다 때가 있습니다. 아무리 초조하게 기다린들, 모든 일에는 때가 있는 법입니다. 그 '때'까지 남은 시간을 주는 데는 다 이유가 있습니다. 죽음을 앞둔 호스피스 환자들뿐만 아니라, 언젠가는 죽을 수밖에 없는 우리들은 이 남은 시간의 이유에 대해 깊이 생각해봐야 합니다.

사람마다 처한 상황에 따라 여러 가지 이유가 있겠지만, 호스피스 병동에서 임종하는 환자들을 보면 깨져버린 관계의 회복을 위해 그 시간들이 필요했던 것 같습니다. 살면서 의도했든, 의도하지 않았든 말이죠. 바쁘다는 핑계로 외면하고 살았지만, 관계의 회복은 결국 마지막까지 풀어야 할 숙제로 남게 됩니다. 그래서 관계의 회복을 위해 '그때'까지의 시간이 주어지는 것 같습니다. 그리고 숙제를 잘 끝내서 임종하는 환자도 있지만, 가족들에게 그 숙제를 넘기고 갈 수밖에 없는 환자도 있습니다.

삶이 아름답게 마무리되길 원한다면 주변을 먼저 둘러보고, 내가 애써 외면하고 있는 어긋난 관계는 없는지 찾아보기를 바랍니다. 깨어진 관계가 있다면 용서와 화해 그리고 사랑만이 다시 회복시킬 수 있습니다. 핑계, 변명, 자기주장, 합리화로는 관계를 회복시킬 수 없습니다. 오히려 오해만 만듭니다. 서로 용서를 구하고 또 용서하며 화해해야 합니다. 그리고 서로의 사랑하는 마음을 확인해야 온전한 관계가 회복됩니다.

물론 쉽지 않은 일입니다. 평생을 할 수 없던 일을 단 며칠 만에 혹은 몇 시간 만에 하기란 어려운 일이지요. 그러나 삶의 마지막을 아름답게 마무리하기 위해서는 꼭 필요한 일입니다.

가까운 이들에게 더욱더 적극적으로 마음을 표현해보세요. "사랑한다" 혹은 "고맙다"라는 말 한마디가 오해를 풀어주고 관계를 회복시키는 첫걸음입니다.

아버지,
그 이름만으로도

누구나 '아버지'라는 단어에 떠올리는 추억이 하나쯤은 있을 것입니다. 우리가 원하든 원하지 않든, 우리가 좋아하든 좋아하지 않든, 아버지는 삶의 많은 부분을 함께했습니다. 그렇기에 아버지에 대한 기억은 특별할 것입니다.

얼마 전 아버지의 기일이 지났습니다. 나에게 특별할 수밖에 없었던 아버지에 대한 기억을 다시금 떠올려봅니다.

어릴 적 명절이면 친척댁을 방문했다가 밤늦게 돌아오곤 했습니다. 그런 날이면 나는 어김없이 어른들이 담소를 나누는 뒤편에서 잠들곤 했습니다. 그러면 아버지가 나를 등에 업고 집으로 돌아옵니다. 아버지의 등이 참 따뜻했기 때문에, 잠이 오지 않은 날에도 잠이 든 척하곤 했습니다.

그런데 그 후 성인이 될 때까지, 아버지를 원망할 만큼 힘든 일들을 겪으면서 아버지와의 관계가 소원해졌습니다. 아버지가 가장으로서 무너진 자존심을 회복하기 위해 애쓰셨던 과정이 우리에게는 오히려 상처가 되기도 했습니다. 어릴 적 따뜻했던 아버지의 기억은 온데간데없이 사라졌고, 서로에 대한 원망 때문에 관계는 더욱 멀어졌습니다. 그렇게 시간은 순식간에 지나가버렸습니다.

시간이 흘러 사랑과 용서에 대해 다시 배우게 되면서 아버지를 다시 찾아볼 용기가 생겼습니다. 그런데 바로 그때 아버지는 기다려주지 않았습니다. 너무나도 급작스럽게 나의 곁을 떠나셨지요. 이루 말할 수 없는 후회가 한동안 나를 짓눌렀습니다. 아버지는 예쁜 손녀들을 품에 한 번 안아보지도 못했고, 내 손으로 따뜻한 식사 한 번 차려드리지도 못했는데, 곁을 떠났습니다. 아버지를 다 이해하고 많이 사랑한다고, 어릴 적 아빠의 등이 무척이나 따뜻했다는 말도 전하지 못했는데, 그렇게 아버지는 나의 곁을 떠나셨습니다.

다행히 많은 이들의 따뜻한 위로로, 이제는 아버지를 떠나보낸 슬픔의 상처가 아물기 시작했습니다. 아버지를 떠나보내기 전에 아버지와 화해하기 원했던 나의 마음이 어떻게든 아버지께 전해졌을 것이라 믿습니다.

이제는 편안한 마음으로 아버지를 떠올립니다. 그리고 못 다한 사랑의 고백을 되뇌어봅니다. 어떻게든 아버지에게 전해지길 바라면서 말이죠.

특별한 아버지의 기억이 여기 호스피스 병동에도 있습니다. 아내와는 오래전에 이혼을 한 아버지였습니다. 갓 스무 살을 넘긴 듯한 앳된 딸이 환자의 보호자였습니다. 면담을 하는 동안 내 가슴이 계속 울컥했습니다. 아직 부모님의 보호를 받아야 할 것만 같은데, 이렇게 누군가의 보호자로 나와 면담을 합니다.

이제 막 세상에서 홀로서기를 시작하려는 어린 딸을 남겨두고 떠나야 하는 아버지의 심정이 어땠을까요. 엄마도 없이 이 모든 상황을 혼자 감당해야 하는 딸의 심정은 굳이 표현하지 않더라도, 아버지와 딸의 두 눈에 맺혀진 눈물이 전부 말하고 있는 듯했습니다.

아버지는 마지막까지 딸에게 짐이 되지 않으려고, 집에 홀로 있는 동안 어느 누구에게도 아프다고 말도 못하고 홀로 아픔을 참아내야 했습니다. 그러다가 결국 죽을 만큼 견딜 수 없는 지경이 되어서야 입원을 결정하게 된 것입니다. 그 아버지는 고통을 함께 나눌 수 있는 사람이 없었던 것입니다. 끝까지 가족을 보살피는 가장으로서의 모습을 지켜내려 했던 것입니다.

다행히 환자는 입원하고서 통증이 잘 조절되었습니다. 이제는 딸과 웃으며 이야기도 할 수 있습니다. 그들에게 남겨진 시간이 얼마나 될지 모릅니다. 다만 이곳에서 아버지로서, 딸로서 서로에게 할 수 있는 최대한으로 사랑하며 이별했으면 좋겠습니다.

호스피스 병동에 입원한 또 한 명의 아버지가 떠오릅니다. 입원한 환자를 병실에서 처음 만날 때면 환자들은 보통 어디가 얼마나 아팠는지를 먼저 이야기합니다. 그러나 이 아버지는 나를 보자마자, 한 달 후에 딸이 결혼을 하는데 그때까지는 꼭 살아서 딸의 손을 잡고 결혼식장에 들어가야 한다고 말합니다.

아무리 따져보아도 한 달은 도저히 불가능한 시간이었습니다. 환자는 이미 쇠약해져서 거동조차 어려운 상태였고, 말하는 내내 연신 숨을 헐떡였습니다. 한 달은 너무나도 먼 시간이고, 도저히 장담할 수 없는 시간이었습니다. 환자는 단 며칠 안에도 임종할 것만 같았습니다.

내 마음이 다급해졌습니다. 간절했던 아버지의 눈빛을 본 사람이라면 아마 똑같은 마음이었을 것입니다. 차마 그 앞에서 안 된다고 말할 수가 없었습니다. 우선 함께해보자고 말했습니다. 아버지이기에 마지막까지 가장으로서의 책임을 다하고 싶은 환자의 마음이 고스란히 전해졌습니다. 그리고 그 간절함을 보았기에 어떻게든 환자의 마지막 소원이 이루어질 수 있었으면 했습니다.

다만 한 달까지는 도저히 기약할 수 없는 시간이기에 가족들에게 환자의 상태를 설명하고, 호스피스 병동에서 조촐하게나마 결혼식을 미리 올리기로 했습니다. 호스피스 병동에 있는 기도실을 꽃으로 예쁘게 장식하고, 가족들과 함께 작은 결혼식을 올렸습니다. 그나마 환자는 휠체어에 앉을 수 있는 상태여서 결혼식을 끝까지 지켜볼 수 있었습니다. 환자는 그렇게라도 딸의 결혼식을 볼 수 있어서 안심했습니다.

그러고서 며칠이 지나 환자는 딸과 사위가 지켜보는 가운데 편안히 임종했습니다. 가장으로서 마지막 책임을 마쳤기에 편안히 눈을 감을 수 있었을 것입니다.

과거에 비해 아버지란 존재는 그 권위가 떨어지고 가족들에게 소외되고 있다고 합니다. 그런데 가정 안에서 아버지만이 보여줄 수 있는 특별한 사랑이 있습니다. 이것은 시간이 지난다고 해서 변하지 않을 것입니다.

나의 아버지가 그랬듯이, 호스피스 병동에서 삶을 마무리했던 많은 아버지들이 그랬듯이, 아버지로서 보여주셨던 그 사랑의 무게는 그 어떤 것으로도 바꿀 수 없는 것입니다. 여러분도 언젠가는 그 아버지의 자리에 있게 될 것입니다.

아버지의 처진 어깨와 쓸쓸한 뒷모습을 보기 전에 먼저 "사랑한다"고, "감사하다"고 말해보세요. 그리고 아버지의 남은 시간 동안 따뜻한 추억을 많이 만들기를 바랍니다. 이별의 순간에 그 추억들이 따뜻하게 기억되길 바랍니다.

상처로 남지 않을
죽음을 위하여

얼마 전 호스피스 종사자들을 위한 교육 프로그램에 참여했습니다. 강의 주제 중 한 가지가 '말기암 환자 및 가족들과 의사소통하는 방법'이었습니다.

강의 시작 무렵에 강사가 '죽음이란 무엇인가', 즉 죽음의 정의에 대해 질문했습니다. 어떤 이는 "새로운 세계로의 여행"이라고 하고, 어떤 이는 "삶의 완성"이라고 이야기했습니다. 각자 나름대로 죽음을 정의했습니다.

죽음을 자주 접하는 호스피스 병동 종사자들은 환자들을 한 명 한 명 떠나보내면서 죽음에 대한 자기만의 정의를 만들어갑니다. 나에게 죽음은 두려움이었지만, 호스피스 병동에서 일하면서 이제는 두려움이 아니라 "아름다운 삶의 마무리"라고 말할 수 있게 되었습니다.

그들은 자신의 삶인데도 가족들을 돌보느라 한 번도 주인공인 적이 없었습니다. 그런데 이곳에서는 잠깐이나마 완전한 삶의 주인공이 됩니다. 그리고 삶의 마지막을 아름답게 마무리할 수 있도록 주변 사람들이 온 마음으로 돕습니다. 그러다가 죽음의 순간이 다가오면, 죽음은 이제 사랑하는 이들과 헤어지게 만드는 이별이 되고 맙니다.

죽음 이후 남겨진 가족들에게는 죽음보다는 헤어짐이라는 것이 더욱 큰 상처로 다가옵니다. 아무리 그리워도 더이상 만날 수도, 이야기를 나눌 수도, 만져볼 수도 없어서 깊은 상처가 됩니다. 그리고 이 상처는 오랫동안 가족들의 마음을 아프게 합니다.

아내를 무척 사랑하는 남편이 있었습니다. 아내는 가녀려 보였지만, 무엇이든지 스스로 결정하기를 원했습니다. 그런 아내 곁에서 남편은 그저 그녀가 원하는 대로 다 해주었습니다. 그렇게 그들은 사랑을 했습니다.

그러던 어느 날, 아내가 유방암 진단을 받았습니다. 그때부터 기나긴 투병 생활이 시작되었지요. 남편은 회사일을 제쳐두고 곁에서 아내를 돌보았습니다. 그는 아내의 몸에 자라고 있는 암세포를 어떻게든 없애보려고 노력했지만, 아내는 점점 쇠약해져갔습니다. 그럼에도 아내는 남편과 손을 잡고 걸을 수 있고, 사랑한다고 말할 수 있기에 행복했습니다.

그러나 어느덧 시간은 흘러버렸고, 암세포는 걷잡을 수 없이 커져 더이상 치료할 수 없게 되었습니다. 아내는 더욱 쇠약해졌고, 통증이 그녀를 몹시 힘들게 했습니다.

아내를 휠체어에 태우고 진료실로 들어오던 모습이 생각납니다. 어떻게든 병마와의 싸움에서 이겨보려고 했지만, 손쓸 수 없는 상황이 되어버렸지요. 두 사람은 시간이 얼마 남지 않았다는 것을 알았지만, 그래도 아직은 아니라고 말하고 싶은 눈빛이었습니다. '어떻게 이들을 이별시켜야 하나'라고 생각하니 가슴이 먹먹해졌습니다.

아내는 상태가 나빠져서 입원을 하게 되었습니다. 그래도 아내가 원하는 것을 표현할 수 있을 때까지만 해도 괜찮았습니다. 남편은 조금씩 마음의 준비를 해나가는 듯했습니다. 그러나 그것은 우리의 바람일 뿐이지요. 남편은 아내와 이별할 준비가 되어 있지 않았습니다. 아마 준비할 엄두조차 내지 못했던 모양입니다.

아내는 상태가 점점 악화되면서 말조차 할 수 없는 상태가 되었고, 죽음에 대한 불안과 공포가 그녀를 더욱 힘들게 했습니다. 그 고통이 그녀를 전혀 다른 사람처럼 만들어버렸습니다. 더이상 사랑스런 아내의 모습이 아니었습니다.

처음 보는 아내의 모습에 남편은 무척 당황했습니다. 무엇이든지 스스로 결정하던 아내가 더이상 무엇을 원한다고 말하지 않았습니다. 그러면서 남편은 아내를 위해서 무엇을 해주어야 할지 도무지 알 수가 없어서 더욱 괴로워했습니다. 아내가 힘들어하면 약물을 요구했다가도 아내가 지쳐 보이면 약물 탓을 했지요. 남편도 너무나 혼란스러운 시간을 보내야만 했습니다.

그렇게 남편은 준비가 되지 않은 채로 아내를 떠나보냈습니다. 아내의 장례식장에서 남편은 하염없이 눈물만 흘렸습니다. 사랑하는 사람과 원치 않는 이별을 해야 한다는 것을 어떻게 준비하고 어떻게 받아들일 수 있을까요.

나는 회진을 돌 때마다 임종이 임박한 환자의 가족들에게 "이제 준비하셔야 합니다"라는 말을 자주 합니다. 이제 생각해보니 사랑하는 사람과 이별해야 하는 가족들에게 너무나 잔인한 말을 한 것 같습니다.

그러나 그 남편을 보며 생각했습니다. 이별을 준비했어야 했습니다. 죽음을 준비해야 하는 것이 아니라, 지금 곁에 있는 사랑하는 사람과의 이별을 준비해야 하는 것이었습니다. 왜냐하면 죽음은 우리가 준비되지 않은 어느 순간, 우리가 원하지 않은 어느 때에 불쑥 찾아올 수 있기 때문입니다.

예고도 없이 찾아오는 죽음을 아름답게 맞이하려면, 먼저 사랑하는 사람들과 함께하는 지금의 삶이 아름다워야 합니다. 사랑하는 사람들과 함께 만들어가는 '아름다운 삶'이 '아름다운 죽음'으로 이어집니다. 죽음을 바로 앞에 두고 어긋나고 틀어져버린 관계들을 그대로 둔다면, 지나가버린 시간들을 결코 아름답게 바꿀 수는 없습니다.

지금 살아가는 이 순간이 가장 행복한 순간이 될 수 있도록 열심히 살아야 합니다. 어긋난 관계들을 제대로 회복시키기 위해 열심히 노력해야 합니다. 우리가 살아 숨쉬는 이 순간이 어느 누군가에게는 간절히 원했지만 가질 수 없었던 소중한 시간이었다는 사실을 기억해야 합니다. 그러니 살아 있는 매

순간을 감사히 여기고, 헛되이 흘려보내서는 안 됩니다.

'언젠가'라는 이름으로 미루고 있는 일들이 있다면, 지금 바로 시작하십시오. '언젠가'는 영영 오지 않을 수도 있습니다. 미루고 있는 일들 중에서 특별히 누군가를 용서하거나 누군가에게 용서를 구해야 하는 일이 있다면, 더더욱 미루어서는 안 됩니다.

오늘이 나의 마지막 날이라고 생각하고 용기를 내세요. 그리고 지금 내 곁에 있는 사람들에게 "사랑한다"고 말해주세요. 상처로 남지 않을 죽음을 위해서 마음껏 사랑하고, 삶에 대한 그리고 사람에 대한 감사함으로 죽음이 아닌 이별을 준비하길 바랍니다.

호스피스 병동에서는 다양한 형태의 질환만큼이나 다양한 임종의 모습을 볼 수 있습니다. 이를 통해 나는 생명의 위대함과 삶의 아름다움을 느낍니다. 더불어 죽음이라는 것도 충분히 따뜻하고 빛날 수 있음을 깨닫습니다. 슬프지만 고통스럽지만은 않은 죽음, 외롭지도 무섭지도 않은 죽음이 그렇습니다. 그들의 죽음 곁에 호스피스가 존재하고 다행히 그들에게 도움을 줄 수 있다면, 그것만으로도 축복이 되기를 감히 바라봅니다.

2 장

백 송이의 장미로

기억되는 이름

서윤희

슬퍼할 수
없는 밤

내가 '나이 듦'을 느끼는 순간은 비단 흰머리가 늘어가고 못
보던 주름이 하나둘씩 생기는 것을 통해서만은 아닙니다. 뜻
하지 않은 부고를 받았을 때, '나도 이제 나이를 먹는구나'라
며 그 사실을 실감하게 됩니다.

　나이 오십을 넘기다 보니, 친구 부모님의 부음을 심심찮게
접합니다. 더러는 또래 친구의 안타까운 부음도 전해 듣습니
다. 그때마다 죽음은 결코 멀리 있지 않다는 것을 새삼 느낍
니다. 언제, 어느 때, 어떤 모습으로 찾아올지 알 수 없는 것이
바로 죽음입니다.

사랑하는 후배의 어머니가 작년에 돌아가셨습니다. 나와 후배가 몸담고 있는 호스피스 병동에서 임종을 맞이하셨습니다.

후배의 어머니는 비교적 젊은 나이에 파킨슨병을 진단받아 오랫동안 투병 생활을 했습니다. 가끔씩 응급 상황이 생기기는 했지만 약물로 조절하면서 혼자 생활 할 수 있을 만큼의 상태를 유지했습니다. 그러다가 몇 년 전부터 상태가 조금씩 악화되기 시작했습니다. 1년 전부터는 파킨슨병 말기 증상을 보이며, 집에서는 일상생활을 유지할 수 없는 지경에 이르렀습니다.

지방에서 혼자 생활했기에 아들딸이 급할 때마다 번갈아 내려가서 간병을 했습니다. 그럼에도 병세는 더욱 악화되었습니다. 급기야는 딸이 근무하고 있는 우리 병원으로 입원하게 되었습니다.

입원 이후에도 증상은 좀처럼 호전되지 않았고 섬망과 통증으로 힘들어했습니다. 어느 날은 가족들도 알아보지 못했고, 의료진을 다른 사람으로 착각하기도 했습니다. 밤새 섬망에 시달리며 하지통증이 극심할 때는 다리를 잘라달라고 비명을 지르며 고통스러워했습니다.

파킨슨병을 치료하기 위해 신경과에서 처방하는 약제와 불안과 통증을 조절하기 위해 내과에서 처방하는 약제를 함께 복용하며 통증을 버텼습니다. 신경과에서 금기인 약제를 제외한 약물로 증상을 조절해나갔지만 어머니의 증세는 좀처럼 호전되지 않았습니다. 병세가 악화될수록 후배의 고민은 깊어갔습니다.

파킨슨병을 10년 이상을 앓아온 어머니는 이제 마지막을 향해 달려가고 있었습니다. 어머니는 의식이 명료한 짧은 순간마다 "고통 없이 죽고 싶다. 나를 위해 더이상 아무것도 하지 말라"며 중심 정맥관까지 스스로 제거해버렸습니다. 음식물을 삼키는 기능이 저하된 어머니에게 최소한의 영양을 제공하고, 경구약을 먹을 수 없는 상태에서 제공해야 할 주사제가 몇 시간 간격으로 제공되었습니다. 그러나 입원하기 전에 사전연명의료 의향서를 미리 작성한 어머니는 연명치료에 해당하지 않는 사소한 시술조차도 허락하지 않았습니다.

어머니의 고집이 완강할수록, 증상이 빠르게 악화될수록 후배인 딸의 고민은 깊어졌습니다. 어머니의 뜻을 따르자니 아직 어머니를 떠나보낼 준비가 되지 않았고, 자식들의 뜻대로 하자니 어머니의 고통이 눈앞에 훤히 보였습니다.

얼마간의 시간이 지났습니다. 결국 가족 간의 상의 끝에 호스피스를 선택하기로 했습니다. 후배는 눈물을 머금고 사랑하는 어머니를 위해 어려운 결단을 내렸습니다.

후배는 호스피스 코디네이터입니다. 말기암 환자와 가족들을 대상으로 매일 면담과 상담을 합니다. 많은 사람들에게 호스피스의 필요성과 호스피스의 참된 의미를 설명하지요.

후배는 임종기로 접어든 시점에서 무의미한 연명치료의 폐해를 누구보다 잘 알고 있고, 호스피스를 선택한 환자와 가족들을 따뜻한 마음으로 위로할 줄 아는 사람입니다. 진정한 사랑으로 사람을 대할 줄 아는 그녀는 누구보다 그 일을 훌륭하게 해내고 있습니다. 그럼에도 그녀가 어머니를 호스피스로 모시기로 한 결정은 참으로 감당하기 힘든 선택이었을 것입니다.

언젠가 신문에서 한 기사를 보았습니다. 우리나라에서 제일가는 위암 권위자가 후두암에 걸려 치료를 받는 내용이었습니다. 의사가 아닌 한 인간으로서 느낀 분노와 억울함, 허탈함에 대해 솔직하게 쓴 기사였습니다.

그는 1년에 몇 백 건의 수술을 하고, 관련 논문을 쓰고, 책도 집필하며 후학을 양성했습니다. 그런데 막상 자신이 암에 걸려보니 며칠 동안은 아무것도 할 수가 없었다고 합니다. 자기가 진료실에 앉아서 아무렇지도 않게 이야기하던 수술 내용과 항암 스케줄이 참으로 아이러니하게 느껴졌다고 했습니다.

우리도 마찬가지입니다. 저만치 멀리 있을 것 같은 죽음이 갖가지 불치병의 이름표를 달고 걸어오기 시작하면, 우리는 당황할 수밖에 없습니다.

후배의 어머니는 완화의료에 동의하면서 평온을 되찾았습니다. 어머니는 진정수면 중에도 간간이 눈을 떠서 후배를 알아보기도 하고, 예쁜 미소를 보여주기도 했습니다. 두 달간의 입원 생활을 끝으로, 마침내 당신이 원하던 고통 없는 평온한 안식의 세계로 떠났습니다.

내 마음은 이루 말할 수 없이 무겁고 아팠습니다. 내 손으로 후배 어머니의 임종 간호를 하고 사후처치를 하며, 슬퍼하는 후배와 가족을 위로했으나 나는 마음껏 슬퍼할 수 없었습니다. 그날 밤 병동에서는 후배의 어머니를 시작으로 두 분의 환자가 임종을 했습니다.

나는 슬퍼할 겨를조차 없었습니다. 임종 간호는 힘듭니다.

호스피스 병동에서 일하면서 임종을 맞이하는 것은 당연한 일상이지만, 느닷없이 다가오는 이별과 이별 후에 밀물처럼 밀려드는 여러 모양의 감정들은 사람을 지치게 합니다.

마음대로 슬퍼할 수도 없는 밤. 새벽이 밝아오면서 병동은 조용해졌지만 기진맥진한 나는 후배 어머니의 장례식장에 곧장 조문을 가지 못했습니다. 다시 밤 근무를 들어와야 하는 스케줄이어서 집에 가서 쉬어야만 했습니다. 운전을 하면서 집으로 향하는데 갑자기 눈물이 터졌습니다.

왜 그랬는지 모르겠습니다. 그저 고여 있던 눈물이 봇물처럼 터져버렸습니다. 어떻게 운전을 해서 집으로 갔는지 모르겠습니다. 꺽꺽거리며 힘들게 집에 도착하자마자 죽은 듯이 쓰러져 잠이 들었습니다.

잠시 눈을 붙인 후에 조문을 하러 갔습니다. 까만 상복을 입고 조문객을 맞이하는 후배를 보니 다시 눈물이 났습니다. 그녀는 말 그대로 '고아'가 되었습니다. 후배의 아버지는 그녀가 태어나기 전에 돌아가셨습니다. 이제 미혼인 오빠와 단둘만 남았습니다.

"어머니가 편안하게 고통 없는 세상으로 떠나셨으니 너무 슬퍼하지 마"라는 말이 위로가 될까 싶으면서도 달리 할 말이 없어 "고생했다. 그동안 너무 애썼어. 어머니가 네 마음 다 알고 가셨을 거야"라고 후배를 위로하며 꼭 안아주었습니다.

그리고 나서 다시 병원으로 들어갔습니다. 병원에는 나를 기다리는 또 다른 환자들이 있었습니다. 바쁜 일과 중에는 슬픔도 사치라고 합니다. 하지만 마음껏 슬퍼해야 마음껏 기뻐할 수도 있습니다. 눈물로 비워낸 정화된 가슴이라야 사랑이라는 싹이 단단히 뿌리를 내립니다.

사람에 대한 애정이 없다면 호스피스 일은 오래할 수가 없습니다. 아무리 해박한 지식과 능숙한 기술을 가지고 있다 하더라도 말이지요. 죽음을 앞둔 환자와 그의 가족들이 원하는 따뜻한 말 한마디를 건네지 못한다면, 그들이 보내는 눈빛에 진정으로 공감하지 못한다면, 호스피스 간호는 어렵고 힘들 수밖에 없습니다.

아직도 나는 많이 부족하고 모자랍니다. 다만 내가 하는 모든 행위들이 환자와 그 가족들에게 자그마한 위로가 되었으면 좋겠습니다. 호스피스가 사랑임을 아는 그녀와 함께 오랫동안 사랑을 실천하며, 따뜻하고 아름다운 삶을 더불어 살아가고 싶습니다.

백 송이의 장미로
기억되는 이름

호스피스 완화병동에서 근무한 지 7년째입니다. 계절은 소리 없이 바뀌고 시간은 속절없이 흘러 세월의 깊이를 더해갑니다. 삶과 죽음이 공존하는 호스피스 완화병동의 아침이 오늘도 어김없이 밝았습니다. 누군가는 또 하루의 생을 얻었고, 누군가는 생의 마지막을 맞이할 터입니다.

내 주위 사람들은 "이제 7년 정도 일했으니 죽음이 어느 정도 익숙해졌겠다"라고 이야기를 합니다. 하지만 병동에서 맞이하는 죽음은 하나도 같은 게 없습니다. 각각의 죽음은 제 나름의 이야기가 있고, 제 나름의 향기와 빛깔이 있습니다. 그래서 어느 누구의 죽음도 좀처럼 익숙해지지 않습니다.

월 평균 20~30건의 임종 환자가 있습니다. 그들의 죽음에는 남녀노소, 지위고하를 막론하고 살아온 만큼의 서사가 담겨 있습니다. 호스피스 간호에서 돌봄의 영역은 환자의 죽음으로 끝이 나는 것이 아니라, 사별가족 관리로 이어져야 완성된다고 볼 수 있습니다.

해마다 장미꽃이 만발하는 오월이면, 생각나는 환자가 있습니다. 그녀는 병동에서 '핑크공주'라고 불렸던 78세의 할머니였습니다. 유난히 분홍색을 좋아했지요. 투박한 말투를 지녔지만 온화한 미소를 지닌 분이었습니다.

6년 전 담낭암 진단을 받고 수술과 항암, 방사선 치료를 5년간 꾸준히 받으며 경과가 좋았습니다. 그래서 할머니는 내심 완치 판정을 기대하며 외래 진료를 받으러 갔습니다. 그런데 복막과 십이지장으로 전이가 되었다는 청천벽력 같은 결과를 들었습니다.

처음 진단받은 병원에서 한 치의 오차도 없이 시키는 대로 견뎌내며 열심히 치료에 임했는데, 그런 결과를 보니 너무 억울하고 분하다고 했습니다. 그래도 다시 한 번 힘을 내어 1년 더 항암 치료를 했으나 기력은 떨어지고 항암 효과는 없었습니다. 결국 할머니는 호스피스 치료를 권유받고 우리 병원으로 입원하게 되었습니다.

처음부터 치료하던 주치의가 병의 경과를 친절하게 설명해주고, 호스피스 진료에 대해 충분한 안내를 해주었기 때문에 환자와 가족들은 별다른 거부감 없이 호스피스를 받아들였습니다. 그리고 항암을 중단하고 집에서 지내면서 입원을 기다리고 있던 중에 복수와 빈혈, 조절되지 않는 통증 때문에 호스피스 병동에 입원한 것이지요.

아무리 마음의 준비를 한다고 해도 호스피스 병동에 입원하는 환자와 가족들은 예민하고 불안할 수밖에 없습니다. 의료진이 친절하고 따뜻하게 응대해도 마음의 경계를 쉽게 풀기는 어렵습니다.

할머니도 마찬가지였습니다. 입원 첫날은 굳은 표정으로 불안해 했습니다. 약제를 적절히 사용하면서 증상이 조절된 후에야 마음의 경계를 풀었고, 일주일쯤 지나서야 환한 웃음을 보여주었습니다.

할머니에게는 1남 2녀의 자녀가 남부럽지 않게 장성해 있었고, 손주들도 잘 자라 있었습니다. 가족의 지지체계도 화목하고 원만했습니다. 다만 한 가지 걱정이 있었습니다. 30년 전 뇌출혈로 쓰러져 거동이 불편한 남편이 최근 신부전증까지 발병한 것이지요. 그래서 누군가의 도움 없이는 생활하기 힘든 지경이었습니다. 다행히 경제적으로는 어렵지 않아서 간병인에 입주 도우미까지 두고, 노부부의 삶을 유지하고 있었습니다.

홀로 남겨질 할아버지가 걱정이긴 했으나 특별히 심각해 보이지는 않았습니다. 자식들은 지극 정성으로 할머니를 돌보았습니다. 개인 간병인을 고용했어도 자식들은 매일 교대로 병원을 찾아와 할머니와 이야기를 나누고 산책을 했습니다. 할머니의 컨디션이 좋으면 외출도 했습니다. 그리고 할머니가 원하는 것이라면 가족들은 무엇이든 구해왔습니다. 멸치로 육수를 우려낸 잔치국수, 평소 좋아했던 일식집의 마죽 한 숟가락, 비 오는 날이면 즐겨 갔었던 단골 커피숍의 뜨거운 커피 한 모금.

어느 날 할머니는 딸의 친구가 가져온 백 송이의 장미를 선물받고는 너무나 행복해 하셨습니다. 나는 그때 찍어두었던 할머니의 스냅 사진을 아직도 간직하고 있습니다. 할머니가 떠난 지 2년이나 지난 지금까지도 내가 할머니를 잊지 못하는 이유는 할머니가 나에게 부탁한 유언 때문입니다.

핑크공주였던 할머니는 처음부터 호스피스를 알고 왔습니다. 그래서인지 가족들과 보내는 시간을 항상 즐거워했고 귀하게 여겼습니다. 그런데 어느 날인가부터 복수와 부종으로 거동하기가 불편해졌고, 통증이 없는데도 음식을 삼키지를 못했습니다. 낮에도 자는 시간이 길어졌고, 의식도 좋았다가 나빴다가를 반복했습니다.

그러던 어느 날이었습니다. 의식이 맑아진 할머니가 회진하던 나를 불러 세워서 이렇게 이야기했습니다. 마치 다시는 깨어나지 못할 듯해서 남겨둔 유언처럼 말이지요.

"서 간호사, 내가 얼마나 살 수 있을 것 같아? 나 이제 얼마 못 살 것 같아. 그래서 말인데 우리 큰딸에게 미안하다고, 고맙다고, 사랑한다고 꼭 좀 전해줘. 차마 내 입으로는 말을 못하겠어. 그동안 딸이 나 데리고 병원 다니랴, 맛있는 거 사 먹이고 좋은 데 구경시켜주랴, 항암 치료하면서 고생 참 많이 했어. 내가 자기 마음 다 안다고 꼭 좀 전해줘요."

나는 "아니, 어머님이 직접 따님에게 이야기하셔야죠. 따님이 자주 오시고 두 분 사이도 좋으신데 왜요. 지금이라도 얼굴 마주보고 얘기하세요"라고 의아해하며 반문했다. 그랬더니 할머니는 죽음을 기정사실화하는 게 싫다며 그냥 모른 척하고 가고 싶다고 했습니다. 너무 슬퍼서 차마 입을 못 떼겠다고 말이지요. 내게 유언 아닌 유언을 남기시고는 할머니는 3일 후에 돌아가셨습니다.

임종기에 접어들어 햇살방(임종대기방)으로 할머니를 옮긴 다음 날이었습니다. 나는 큰딸을 조용히 불러 할머니가 하신 이야기를 전했습니다.

그 이야기를 들은 큰딸은 소리 내어 울었습니다. 자신도 어머니의 죽음을 예견했기에, 어머니에게 죽음과 관련된 이야기를 차마 할 수 없었다고 했습니다. 그러면서 어머니의 심정을 알 것 같다고 했습니다. 어머니가 왜 자신에게 그런 말을 남기셨는지, 그 마음을 알겠다고 했습니다. 아마도 다른 가족들은 알 수 없는 엄마와 딸 사이의 깊은 유대감이 있는 것 같았습니다.

그날 밤 할머니는 장성한 자녀들이 지켜보는 가운데 평화로운 모습으로 돌아가셨습니다. 죽을 때 입고 가겠다고 손수 고른 예쁜 꽃분홍의 한복을 곱게 갈아입힌 후, 가족들에게 장례식장으로 가기 전 마지막 인사를 하도록 했습니다. 할머니의 평온한 모습에 가족들은 "돌아가신 것 같지 않고 그저 곤히 주무시는 것 같아요"라고 했습니다. 그러고는 "고통 없이 가신 것 같아서, 안 아프게 보내줘서 고마워요"라고 했습니다.

그 후로 지금까지 나는 '핑크공주' 님의 큰딸과는 연락을 하면서 지내고 있습니다. 딸은 하늘 같은 어머니를 여의고 한동안은 정신적으로 신체적으로 많이 힘들어했습니다. 일상생활을 하는 데 아무 문제가 없는 것 같은데, 외출 약속을 잡으면 거짓말처럼 꼭 당일에 머리가 아프고 힘들었다고 말이지요. 혹시 몸에 문제가 생긴 것은 아닌지 염려되어 병원 진료도 받았으나, 건강에는 특별한 문제가 없다고 했습니다.

그것은 사별의 후유증이었습니다. 그래도 지금은 많이 회복되어서 하던 일도 시작하고, 일상생활에 전혀 문제가 없다고 안부를 전해주었습니다.

백 송이의 장미를 볼 때마다 생각나는 할머니. 내 손을 잡고 유언을 하던 할머니. 부디 죽음 저 너머의 세상에서는 아프지 말고 평온하게 지내시기를 간절히 바랍니다.

어머니와
대장암

내가 근무하는 병원은 요양병원의 특성상, 연세가 많은 어르신들이 주로 입원합니다. 그런데 최근에는 요양병원의 수요가 증가하면서 전 연령층에서 이용하는 편이지요.

내가 몸담고 있는 호스피스 완화병동은 말기암 환자들이 대부분이지만, 60대 이상의 어르신들과 젊고 어린 환자들도 많습니다. 요양병원에 대한 이미지가 개선되면서 노인들만 이용하는 병원이 아니라는 인식이 확산된 덕분이지요.

그럼에도 아직은 연로하신 분들이 병상을 많이 차지하고 있습니다. 머리가 희끗희끗한 환자들을 볼 때마다 나는 고향에 계신 어머니가 생각납니다.

나의 어머니는 올해 85세입니다. 십여 년 전부터는 염색도 귀찮다며 복슬복슬한 흰머리를 솜사탕처럼 머리에 이고 지내십니다. 아직은 혼자서 일상생활이 가능해서 자식들에게 신세지지 않고 생활하고 있습니다.

자식들이 보기에는 불안하기 짝이 없지만, 어머니는 그저 혼자 지내는 게 더없이 편안하다고 합니다. 가까이에 동생인 아들이 있지만, 고향에서 멀리 떨어져 사는 나는 어머니만 생각하면 늘 가슴이 아려옵니다.

어머니는 68세에 대장암 진단을 받았습니다. 아버지를 심장마비로 갑자기 여의고, 집안이 유산 문제로 시끄러울 때였습니다. 청천벽력 같은 일이었습니다.

얼마 전부터 어머니는 "변 보기가 힘들다. 소화가 잘 안 된다"라고 했지만, 나는 상속문제나 친인척 간의 소송 때문에 스트레스를 받아서 그렇겠거니 했습니다. 그런데 어느 날 혈변을 보았다고 했습니다. 배가 너무 아프다고 하셨습니다. 평소에 엄살이라고는 없었던 분이 다 죽어가는 목소리로 통증을 호소했습니다. 그제야 이건 그냥 과민성이나 스트레스로 인한 증상이 아니라는 생각이 들었습니다.

급하게 종합병원을 찾아 종합검진과 결장경 검사를 예약하고 날짜를 기다렸습니다. 검사 전날에는 검사를 위해 속을 비워야 했습니다. 어머니는 약을 먹고 배변하는 것조차 많이 힘들어했습니다. 종합검진을 겸한 검사의 마지막 단계에서 수면마취를 하고 결장경 검사를 진행했습니다.

'무슨 큰 문제가 있으랴' 하고 하염없이 기다리고 있는 나를 의사 선생님이 불렀습니다. 종양의 크기가 검사를 진행하기 힘들 정도로 커서 내시경관이 어느 지점 이상은 통과할 수가 없다고 하셨습니다. 종양이 악성인지 양성인지 확진할 수는 없으나, 경험상 악성일 확률이 크니 검사를 이 지점에서 중단할 수밖에 없다고 했습니다.

사람이 너무 큰 충격을 받으면 아무 말도 할 수 없다는 것을 그제야 알았습니다. 나는 아무것도 하지 못하고 멍하니 서 있었습니다. 수면마취 상태의 어머니가 병원 침대에 누워 내시경실에서 나오는 모습을 보고서야 정신이 들었습니다.

마취가 아직 덜 깬 어머니는 병원 침대에 누워서도 밀린 집안일을 걱정했습니다. "빨래를 걷으러 가야 한다, 저기 장독대를 덮어야 한다, 빨리 설날 상을 차려야 된다"라면서요. 너무 속이 상했습니다. '건강검진도 제대로 못 받고 몸이 이 지

경이 될 때까지 참고 견디면서, 그놈의 살림 걱정을 이리도 한단 말인가.'

눈물이 뚝뚝 떨어졌습니다. 지금까지 어머니의 부재는 상상도 못했습니다. 그래서 나는 어머니가 그 자리에서 사라지기라도 하는 듯이 두려움에 떨며 "엄마, 엄마" 소리만 되뇌며 바보 같이 서 있었습니다.

진단 결과 다행히 어머니는 대장암 2기로 전이된 곳은 없었습니다. 장 절제 수술과 항암 치료를 하면 호전될 수 있을 것이라고 했습니다. 불행 중 다행이었습니다. 말기암이 아니어서 다행이었고, 더 진행되지 않은 상태에서 발견해 무언가를 할 수 있는 단계였기에 한시름 놓았습니다.

수술은 잘되었고, 항암 치료에도 좋은 반응을 보였습니다. 그 후 어머니는 주위의 걱정과 염려 덕분인지, 5년 만에 완치 판정을 받았습니다. 그리고 지금까지 별탈없이 잘 지내고 계십니다. 정말 다행이었습니다. 호스피스 병동에서 일을 하다 보니 어머니가 얼마나 행운아였는지 알게 되었습니다.

이제 '암'은 누구나 걸릴 수 있는 흔한 질병이 되었습니다. 발견 시기나 암의 병기, 진행 속도 등에 따라 초기암과 말기암으로 나뉩니다. 그에 따른 치료 방법도 다양하지요.

다행히 완치가 되면 앞으로의 삶을 소중히 여기며 살 수 있습니다. 그런데 재발이 잦고 다른 장기로 빠르게 전이된다거나 항암 치료를 하고도 효과가 없으면 말기암으로 진행됩니다. 그다음은 현대의학으로는 완치가 불가능한 지경에 이르지요.

암을 진단받고, 수술을 하고, 항암 치료를 받고, 갖은 대체요법을 적용하고도 암을 치료할 수 없다는 최종선고를 받고 나면, 본인은 물론 가족들의 절망감은 이루 말할 수가 없습니다. 암 진단을 받을 때 한 번 충격을 받고, 암 치료를 받으면서 갖은 고생을 하며 고통에 시달리고, 마지막으로 더이상 치료가 불가하다는 판정을 받고 나면 희망을 잃고 죽음을 생각하게 됩니다.

이로써 죽음은 이제 남의 일이 아니라 자신의 일이 되는 것이지요. 끝까지 마주하고 싶지 않았던 죽음이 머지않은 곳에서 자리를 잡고 자신을 기다리고 있다는 사실을 인정해야 하는 것입니다. 참으로 힘든 시간입니다.

다행히 그들 곁에 호스피스라는 좋은 친구가 있습니다. 하지만 그들은 호스피스의 존재조차 아예 모르기도 하고, 알아도 모른 척합니다. 끝내 죽음을 부정하며 고생을 자처하기도 합니다.

우리가 모든 말기암 환자와 가족들의 곁에서 그들을 보듬고 위로하고 치유할 수는 없을 것입니다. 다만 암을 치료하는 병원이라면 기본적으로 완화병동을 마련해서 환자와 가족들이 원한다면 완화치료를 받을 수 있도록 하면 좋겠습니다.

힘든 항암치료를 받고도 완치하지 못하는 많은 환자들에게 "이제 더이상 해줄 것이 없다"는 비정한 말로, 환자들을 집으로 돌려 세우지 않아야 할 것입니다. 편안하게, 고통 없이 죽음을 준비하고 맞이할 수 있도록 기회와 공간을 제공해야 할 것입니다.

진정으로 환자를 가족처럼 생각한다면, 환자를 사랑하는 마음을 담아 인생의 마지막 순간을 아름답게 마무리할 수 있도록 최선을 다해 도와야 할 것입니다. 그리하여 남아 있는 가족들이 환자에 대한 좋은 기억을 가지고 마음껏 그리워할 수 있기를 바랍니다.

친애하는

나의 사별가족에게

'옷깃만 스쳐도 인연이다'라는 말이 있습니다. 불교에서는 우리의 만남이 수많은 우연과 필연을 거듭하면서 전생의 어느 지점과 맞닿은 연유로 해서 이어진다고 합니다.

암 환자와 보호자 그리고 간호사의 이름으로 만나서 인연을 쌓은 나의 사별가족은 내게 특별하고 소중한 존재입니다. 죽음을 계기로 만났고, 이별 후에도 그 만남이 지속되고 있기 때문입니다.

사랑하는 사람을 잃고 그 상실감과 우울함을 공감하고 나눌 수 있는 사람은 많지 않습니다. 가족과 친구의 위로도 일시적입니다. 그들은 잊기만을 강요하고 제 생활을 찾기만을 바라지요. 사별가족들은 떠난 사람에 대한 슬픔과 애도가 길어지는 것을 경계하는 부류의 사람들을 달가워하지 않습니다. 내가 만나고 있는 사별가족 대부분은 대개 사람과의 만남을 꺼려하고 슬픔과 우울감에 젖어 있습니다. 겉으로 보기에는 일상생활에 잘 적응하고 있는 것 같지만, 어느 정도의 시간이 흐르기까지 사별 후의 감정 때문에 고통스러워합니다.

연세가 많은 사람들은 본인이 가지고 있는 질환의 병세가 더욱 깊어지기도 합니다. 또한 급작스럽게 뇌졸중, 심근경색, 돌발성 난청 등을 겪기도 합니다. 비교적 젊은 연령층의 사별가족은 무언가에 병적으로 집착하며 의존하다가 정신과 치료를 통해 마음의 위로를 받기도 합니다. 그들은 대개 불면, 우울, 상실감에 시달리고, 심할 때는 공황장애나 대인기피증을 겪기도 합니다. 사랑이 깊은 만큼 슬픔도 깊어져서 무력감과 공허함에 '나도 따라 죽고 싶다'는 충동을 느끼기도 합니다.

어느 정도의 시간이 흐른 후, 사별가족들과 마주할 때가 있습니다. 그들은 겉으로 보기에는 아무렇지도 않은 듯이 씩씩하게 이야기를 합니다. 그러다가 아픈 심경을 토로하기도 합니다. "시간이 흐르면 괜찮아질 줄 알았는데, 그게 잘 되지 않아요"라며 말이지요. 내가 해줄 수 있는 일은 그들의 이야기를 들어주고, 그들이 내민 손을 잡아주며 슬픔을 함께 나누는 것뿐입니다.

그들이 사랑하는 사람을 어떻게 떠나보냈고, 어떤 마음으로 사랑하고 지켜보았는지 알고 있는 것만으로도 그들에게는 위안이 되는 것 같았습니다. 마지막 죽음의 순간을 함께하며 기억하는 사람 중의 한 사람으로, 슬픔과 고통을 공감하며 나눌 수 있다는 것이 그들에게 큰 위로가 된다는 것을 사별가족 관리를 하면서 더욱 애틋하게 깨달았습니다.

호스피스 병동에서 일한 지는 7년째이고, 본격적으로 사별가족 관리에 관심을 가지고 체계적으로 참여한 지는 3~4년 정도 되었습니다. 사별가족들은 나의 손 편지 한 통에도 감동하고, 사소한 안부 전화에도 감사해했습니다. 그들은 내가 호스피스 간호를 잘 할 수 있도록 이끌어주는 나의 에너지원이며 보람이기도 합니다.

하늘 같았던 부모를 여의고, 사랑하는 배우자를 잃고, 생때 같은 자식을 가슴에 묻은 사별가족들. 그들의 슬픔을 내가 어찌 다 헤아릴 수 있겠습니까. 그저 조용히 이야기를 들어주며, 함께 해결해가려고 애쓸 뿐입니다.

나는 그녀의 어머니가 그녀에게 어떤 존재였는지, 그의 아내가 그에게 어떤 의미였는지, 그들의 자녀들이 그들에게 어떤 자녀였는지 고개를 끄덕이며 길고 긴 이야기를 듣습니다. 그러면 그들의 추억 속에 아직 살아 있는 가족들과 다시 만납니다. 그들은 잊히는 것을 두려워합니다. 자신의 기억이 희미해지는 것조차 용납하지 않습니다.

그래서 나의 사별가족들은 늘 만남의 말미에 "잊지 않고 기억해줘서 고마워요"라고 합니다. "병원에서 맞이한 죽음이 덜 고통스럽고 편안했기에 마음이 덜 아팠어요. 그리고 장례식장까지 찾아와 마지막 가는 길에 인사를 해줘서 더없이 감사했어요"라고 합니다. 그리고 "이렇게 첫 기일을 챙기고 살펴줘서 고맙고 감사해요"라고 합니다. 그러면서 그들 또한 나를, 아니 우리를 잊지 않을 것이라고 합니다.

가족과 이별한 계절이 돌아오면 몸이 먼저 알아차리며 몸살을 하고, 기일이 다가오면 심하게 가슴앓이를 한다는 나의 사별가족들…. 앞으로는 조금만 아파하고 조금만 슬퍼했으면 좋겠습니다.

떠난 가족들은 하늘의 별이 되고, 바람이 되고, 구름이 되어, 우리가 닿는 시선 어디든 머물러 있습니다. 땅의 꽃이 되고, 물이 되고, 공기가 되어, 우리가 내쉬는 숨결 하나에도 존재하고 있을 영혼들에게 영원한 안식이 있기를 바랍니다.

더불어 친애하는 나의 사별가족들에게는 마음껏 그리워해도 아프지 않을 가슴과 밤새 울어도 독이 되지 않을 따뜻한 슬픔이 허락되기를 바랍니다. 삶의 곁에 죽음이 있고, 죽음의 곁에 삶이 있습니다.

세월이 흘러 나이가 들고 나의 기억이 희미해지더라도 잊지 않을 것입니다. 호스피스 병동에서 일하며 맺은 나의 환자와 가족들이 내게 일깨워준 생명의 가치와 빛나는 죽음에 대한 아름다움을 말이지요. 그리고 이별 후의 그리움까지 공감하며 느끼게 된 따뜻함을 결코 잊지 않을 것입니다.

죽음을
헤아리며

'죽음'이라는 단어는 늘 무겁고 어둡고 슬픕니다. 누구에게나 필연적으로 다가오는 죽음이지만, 가볍게 판단하거나 쉽게 이야기할 사람은 없습니다.

호스피스 병동에서의 죽음은 어떤 모습일까요. 일반인들은 흔히 호스피스 병동을 '죽으러 가는 곳'이라고 생각합니다. 그래서 아무것도 해주지 않고 환자를 방치하고 내버려둘 것이라는, 상상조차 할 수 없는 오해를 하기도 합니다.

어차피 죽을 사람이라고 생각한다면 아무것도 의미가 없을 것 같지만, 그럼에도 불구하고 우리는 할 수 있는 모든 최선을 다합니다. 얼마가 남아 있는지 가늠할 수 없는 생의 마지막 페이지를 평안하고 고통스럽지 않게 채우기 위해 물심양면으로 애쓰며 노력합니다.

환자 한 명 한 명에게 최선을 다해 그의 마지막 남은 삶에 집중합니다. 환자와 가족들은 호스피스 병동에 입원을 결심하는 순간부터 죽음을 바라보지만, 우리는 '남아 있는 삶을 어떻게 가치 있게 보내도록 할 수 있을까'를 고민합니다.

우리는 그들이 호스피스 병동에서 지내는 동안 최대한 불편함 없이 편안하게 지낼 수 있도록 정성을 다합니다. 모든 팀원들이 불철주야로 살피며 상의하고 토론합니다. 환자들에게 남아 있는 삶을 행복하고 편안하게 보내게 하고자 신체적 돌봄은 물론이고, 심적으로 느끼는 우울감이나 불안함까지 해결하고자 합니다. 다학제(다른 학문과 직업을 가진 사람들이 동등한 위치에서 서로 협력하고 참여하는 활동)팀의 도움을 받아서 말이지요.

호스피스 간호는 기본적으로 팀 접근과 함께 출발합니다. 혼자만 잘한다고 해서 모든 문제들이 해결되지 않기 때문입니다. 의사는 최선을 다하는 의술로, 간호사는 정성 어린 간호로, 사회복지사는 진심을 담은 마음과 행동으로, 자원봉사자와 치료요법 강사는 꽃으로, 음악으로, 그림으로, 음식으로, 위로의 손길로, 성직자는 맡은 바 소명에 따라 기도와 사랑으로, 환자의 가족들은 환자를 사랑하고 이해하며 존중하는 마음으로 말이지요.

그렇게 모두가 하나가 됩니다. 환자가 지내온 생의 모든 시간을 하루와 견주어도 부족하지 않기를 바라며, 최선을 다합니다. 이 모든 행위는 오로지 환자가 맞이하는 죽음의 순간이 두렵지 않고 평화롭기를 바라는 마음에서 시작합니다. 그리고 남아 있는 가족들이 평온하기를 바라는 마음에서입니다.

환자의 마지막 모습을 기억함에 있어 고통스럽지 않고, 마치 생전에 곤히 자던 모습처럼 편안하게 느끼는 하는 것은 중요합니다. 그 마지막 모습에서 가족들은 떠날 사람의 전 생애를 돌이켜보며, 마지막 호흡을 멈추는 순간 비로소 죽음을 실감하기 때문입니다.

물론 고요하고 평화로운 죽음이 있는가 하면, 혼자서 쓸쓸하게 맞이하는 죽음도 있습니다. 삶의 모습과 많이 닮아 있는 죽음의 모습입니다. 호스피스 현장에서 일하는 우리 모두는 잘 알고 있습니다. 잘 죽기 위해서는 잘 살아야 한다는 것을 말이죠. 죽음은 인간이 태어나서 필연적으로 겪는 인생의 과정입니다. 죽음은 연습할 수도 없고, 돌이킬 수도 없고, 피할 수도 없습니다. 한 치 앞을 알 수 없는 것이 사람의 앞날이고, 언제 어떤 모습으로 죽음이 다가올지는 예측할 수 없습니다.

호스피스 병동에서 환자의 죽음을 통해 나의 삶을 되돌아봅니다. 덜어 쓰는 삶의 유한성을 아는 만큼, 살아 있는 동안 자신의 삶에 최선을 다하고 죽음을 맞이하는 순간에는 겸허하고 편안해야 할 것입니다.

'웰빙well-being을 통한 웰다잉well-dying'도 중요하지만 '웰다잉을 위한 웰빙'도 필요하다고 생각합니다. 삶과 죽음이 공존하는 호스피스 병동에서는 떠나는 사람이 있고, 그들이 떠난 자리에는 남아 있는 가족들이 살아내야 할 삶도 있습니다.

부모가 없는 삶, 배우자가 없는 삶, 자식이 없는 삶, 형제자매가 사라진 삶. 그 삶을 이어나가야만 하는 것입니다. 상실의 삶이 잘 치유되려면 떠나보내는 죽음 자체가 고통스럽지 않아야 합니다. 가족 간의 화해와 용서가 강조되는 것도 이 때문입니다.

사회가 발달하면서 가족 구조가 다양해졌습니다. 그러면서 전통적 의미의 가족의 개념이 무너지고, 가족의 형태들도 바뀌어갑니다. 환자들은 1인 가족, 이혼 가정, 재혼 가정, 조손 가정, 위기 과정의 가족 등 다양한 형태의 가족 구조 속에서 죽음을 맞이합니다.

불의의 사고나 예기치 못한 급작스런 죽음에 비해, 호스피스 병동에서의 죽음은 다행히 예견된다는 점에서 준비의 시간이 주어집니다. 그나마 상처가 덜하지 않을까 싶지만, 죽음이라는 과정은 아무리 마음의 준비를 하고 설명을 들어도 생각처럼 그렇게 쉽게 준비할 수 있는 행위는 아닙니다.

임종 징후가 보여주는 각종 지표나 수치를 통해 죽음이 눈앞에 다가왔음을 이성적으로는 느끼면서도, 심정적으로는 '설마 설마' 하는 것이 가족의 마음입니다. 심전도 기계가 '0'이라는 숫자를 가리켜도 말이지요.

환자 또한 마찬가지입니다. 우리는 직접적으로 환자가 언제 돌아가실 것이라는 이야기는 못하지만, 간접적으로는 기대여명을 설명합니다. 그럼에도 환자는 '아직은 아닐 거야, 그래도 올해는 넘기겠지'라고 막연하게 생각합니다.

죽음을 맞이할 준비가 전혀 되지 않은 환자에게 "주변 정리를 왜 그렇게 시간을 정해두고 하세요. 지금이라도 해놓으면 좋지 않을까요?"라고 우회적으로 알려도 부정하는 환자들이 부지기수입니다. 그들은 "난 언제든지 죽을 준비가 되어 있습니다"라고 담담하게 말해도 실제로는 불안해하고 두려워합니다. 죽음의 언저리에 있으면서도 죽음을 제대로 바라보지 못합니다. 그만큼 아직은 살고 싶기 때문이겠지요.

호스피스 병동에 일찍 입원해서 가족 간에 의미 있는 시간을 많이 가지고 많은 이야기들을 나누다 보면, 의외로 상처가 깊고 해결하기가 힘든 경우도 많습니다. 사람과 사람 사이에 용서하지 못할 것도 없고 화해하지 않을 것도 없을 것 같은데 말이지요.

몇십 년을 살아오면서 생긴 마음의 깊은 골을 우리가 모두 해결할 수는 없습니다. 다만 그래도 마지막 가는 길에 서로 얼굴 붉히는 일 없이 담담하고 평화롭게 임종을 맞이할 수 있도록, 각자의 자리에서 최선을 다합니다.

호스피스 병동에서는 다양한 형태의 질환만큼이나 다양한 임종의 모습을 봅니다. 이를 통해 나는 생명의 위대함과 삶의 아름다움을 느낍니다. 더불어 죽음이라는 것도 충분히 따뜻하고 빛날 수 있음을 깨닫습니다.

슬프지만 고통스럽지만은 않은 죽음, 외롭지도 무섭지도 않은 죽음이 그렇습니다. 그들의 죽음 곁에 호스피스가 존재하고 다행히 그들에게 도움을 줄 수 있다면, 그것만으로도 축복이 되기를 감히 바라봅니다.

사랑의 손길 속에서 많은 환자들이 진정한 평온과 안식을 찾을 수 있다면 좋겠습니다. 그리하여 남겨진 가족들이 상처와 아픔 없이 참다운 삶을 누렸으면 합니다.

———

떠나는 사람과 떠나보내는 사람 모두에게 '슬픔'이라는 공통분모가
있습니다. 다만 각자의 입장에서 느끼는 슬픔의 색깔과 깊이는 서로
다릅니다. 그렇기에 죽음을 대하는 우리의 자세는 다를 수밖에 없을
것입니다. 중요한 것은 떠나는 사람에게도, 떠나보내는 사람 그 누구
에게도 상처로 남지 않을 죽음이 되어야 한다는 것이지요.

———

3장

물까치 엄마의

이별 이야기

정선형

물까치 엄마의
이별 이야기

어느 일요일 아침, 한 TV프로그램에 등장한 물까치 모습을 보고 나는 과거 속 기억이 떠올랐습니다.

TV 속 물까치는 평화로운 한 가정집 마당에서 지나가는 사람들을 무차별적으로 공격하는데, 그 모습이 공포스럽기까지 했습니다. 마당 나무에 둥지를 틀고 새끼를 부화한 물까치 가족. 그러나 주위 포식자인 고양이의 공격을 받으며 새끼 몇 마리를 잃었지요. 그나마 남아 있는 새끼를 지키기 위해 필사적으로 노력했던 물까치 부부의 모습이 딱 그 어머니의 모습 같았습니다.

갓 전역한 23세의 건장한 청년이 그 어머니의 아들입니다. 그는 잦은 소화 장애로 군대 의무실 단골손님이었습니다. 그럴 때마다 소화제만 반복적으로 받았을 뿐, 그 어떤 검사도 처치도 없었다고 했습니다.

그사이 암세포는 빠르게 증식해서 청년의 몸 구석구석을 점령했고, 제대 후에는 위암 말기 상태임을 진단받았습니다. 몇 번의 항암화학치료를 시도해보았으나 효과는 없었고, 더 이상의 치료는 무의미하다는 의사의 소견에 따라 호스피스 병동으로 오게 되었습니다.

말수가 적었던 그는 프라모델 작업에 깨어 있는 대부분의 시간을 보냈습니다. 그의 병상 주변에는 실물과 거의 흡사한 비행기, 자동차, 배 모형 등이 함께했습니다. 어머니는 늘 둥이 막내아들의 곁을 지키며 아들의 손길이 닿아 있는 그 무엇이라도 아들처럼 귀하게 여기며 연신 닦고 또 닦으셨습니다. 혹여 닦다가 손에서 놓쳐 떨어뜨리기라도 하면, 품에 안은 아들을 떨어뜨린 양 소스라치게 놀랐습니다. 그러고는 눈물로 가슴을 치며 자책하셨지요.

청년의 상태는 하루가 다르게 악화되어 갔습니다. 급기야 임종 전 증상이 나타나면서 햇살방(임종대기방)으로 옮겨야 하는 상황이 되었습니다. 하지만 어머니는 펄쩍 뛰며 지금의 병실에서 한 발짝도 움직일 수 없다며 강경한 모습을 보였습니다. 환자의 불안과 혼돈증상이 심해지면서 같은 병실의 다른 환자들에게도 영향을 미쳐서 청년을 햇살방으로 어렵게 옮겼습니다.

대부분의 보호자가 그렇습니다. 일반 병실에서 햇살방으로 옮길 때, 다시는 건너올 수 없는 황천길을 건너는 것처럼 많이들 두렵고 힘들어합니다.

나 또한 그때가 감정적으로 가장 힘든 순간입니다. 그리고 많은 생각이 교차합니다. 의식이 있는 환자라면 조금이라도 두려움을 덜어주고자 이동하는 침대 옆에서 손을 잡고 함께 합니다. 그러면서 아무것도 아니라는 듯 계속 환자의 귀에 대고 이야기를 합니다. 아마 내 자신에게 이야기하며 내 감정을 조절하는 것일지도 모르겠습니다.

이야기의 내용은 대충 이렇습니다. "지금의 증상이 당신을 괴롭히고 있으니 간호사실과 가까운 병실로 옮겨 집중 간호를 하려는 것입니다. 그리고 더 좋은 환경에서 편안하고 안락하게 지낼 수 있도록 하기 위함입니다. 왜냐하면 당신은 우리의 'VIP'이니까요." 그러면 대부분의 환자들은 힘든 호흡 중에도 옅은 미소를 보이며 "고맙다"는 인사를 합니다.

'Very Important Person.' 그렇습니다. 그들은 지금 우리에게 가장 중요한 분입니다. 지위고하를 막론하고 한 인생을 살다가 이제 마침표를 찍으려 준비하는 분들인데, '누가 이보다 더 중요할 수 있을까' 싶은 생각이 듭니다.

햇살방으로 옮겨진 그는 며칠 후 마지막 호흡을 했습니다. 심정지를 의미하는 굴곡 없는 선이 심전도상 확인되었습니다. 어머니는 망연자실해서 아들을 쳐다보지도 못했습니다. 병실에 주저앉아 넋이 나간 모습이었지요.

환의를 벗기고 준비된 청바지와 셔츠를 입히니 20대 청년의 모습 그대로입니다. 사후처치의 끝으로 환자의 손길이 남아 있는 프라모델들을 곁에 놓아주었습니다. 그러고는 한 손에 담당 간호사가 만든 고운 꽃을 쥐어주며 마지막 인사를 건넸습니다.

체념한 듯한 어머니의 모습에 불안감이 엄습했고, 그 느낌은 틀리지 않았습니다. 장례식장에서 고인을 모시러 온 사람들이 보이자 어머니의 눈빛이 변했습니다. 그 모습은 마치 새끼를 지키기 위한 어미의 절규이자 마지막 몸부림 같았습니다. 병실의 소파며 탁자며 침대를 펄쩍펄쩍 뛰어다녔지요. 그러고는 아들을 데려가지 못하도록 방어 아닌 방어를 했습니다. 그 누구도 아들 곁으로 갈 수 없었습니다.

혹시라도 발생할 수 있을 안전사고의 위험 요소만을 제거하고, 그저 어머니를 지켜볼 수밖에 없었습니다. 어머니의 모습에 의료진 역시 적잖게 당황했습니다. 그러나 그것이 어머니의 방식으로 아들을 떠나보내는 사별의 슬픔과 고통의 표현이라면, 이 또한 수용해야 한다는 생각에 기다리기로 했습니다.

한참의 시간이 지나고 어머니는 바닥에 주저앉아 통곡했습니다. 그제야 우리는 어머니 곁으로 갈 수 있었고, 어머니를 위로하며 가슴으로 안아주었습니다. 비상용으로 주머니에 챙겨놓았던 청심환을 꺼내 어머니 입에 넣어드리고, 내 가슴에 기대어 눕혔습니다. 그녀의 통곡이 점차 흐느낌이 되어 슬픔의 메아리로 이어졌습니다. 우리는 어머니가 허락할 때 아들을 이송하기로 했습니다.

출근해서 인계 직후의 임종이었는데, 퇴근시간이 훌쩍 지나서야 그를 이송할 수 있었습니다. 심신이 지친 긴 하루였습니다. 다음 날 나는 서랍 속에 청심환을 채우려고 조금 일찍 일어나 약국에 들렀습니다. 그 이후 지금까지 내 서랍에는 비상용 청심환이 늘 대기하고 있습니다. 이 세상의 물까치 엄마들을 위로하기 위해, 사별의 비통에 힘겨워하는 이들을 위로하기 위해서 말이죠.

부처가 예수이고
예수가 부처다

인간은 누구나 영성 속에서 영적인 삶을 살아가고 있습니다. 그것은 자신의 온전함을 유지하며 좀더 편안하고 행복해지기를 바라는 마음, 삶 속에 내가 선이라 믿는 신념, 삶의 가치와 목적과 의미에 대한 성찰 등 자신이 생각하고 원하며 추구하는 높은 차원의 삶의 실제입니다. 이것의 일부로 종교가 있으며, 인간은 내가 믿는 절대자의 가르침을 따르고 의지하며 나약한 인간의 삶을 신앙을 통해 위로받고 보호받으려는 영적 욕구가 있습니다.

이는 위기 상황에 처했을 때 더 간절해집니다. 특히 죽음을 앞둔 이들에게는 종교가 그 무엇보다 큰 힘이 되지요. 경험에

비추어보건대, 그들에게 실로 종교가 있고 없음은 큰 차이를 보입니다. 생의 말기를 함께하며 영적 돌봄에 대한 많은 생각을 하게 했던 잊지 못할 가족들이 있습니다.

여러 번의 수술과 항암화학요법을 반복했음에도 온몸으로 암세포가 퍼져 있는 47세의 담관암 말기 환자가 호스피스 병동에 입원했습니다. 그는 암 투병을 한 지 3년차였습니다. 그동안 힘들고 어려운 치료과정 때문에 심신이 지쳐 있었지요. 그 고통이 얼마나 컸을지는 감히 상상할 수도 없습니다.

그는 불투명한 미래에 대한 절망과 죽음이라는 두려움 속에서도 오히려 의료진을 응원하고 격려해주었습니다. 그의 가족 역시 감사의 편지를 보내주었죠. 편지에는 '회복의 희망이 없는 환자들과 슬픔에 빠져 있는 가족들에게 친절과 미소, 격려와 위안을 주어서 감사의 마음을 전합니다'라고 적혀 있었습니다.

그는 병실 입구나 간호사실에 간식 바구니를 늘 채워주며 응원의 메시지도 함께 준비해주셨습니다.

"간호사 선생님들의 친절과 배려에 감사합니다. 오고가며 입에 하나씩 쏙!"

"사려 깊고 존중해주어서 감사합니다. 기회가 있을 때마다 칭찬해주고 힘이 되는 말을 해주셔서 감사합니다. 바나나빵 쏙~ 빼 가세요!"

"한결같은 마음으로 오늘도 노력해주셔서 감사합니다. 덕 분에 마음이 푸근한 하루가 되었습니다."

의식이 흐려지기 시작하면서 가까스로 써내려간 그의 글씨가 점점 알아보기 어려워졌습니다. 수면 시간이 길어지고 정확한 의사소통이 불가능해진 상황임에도 감사의 인사를 전하던 그의 모습이 잊히지 않습니다. 서로 격려하며 지냈던 의료진의 목소리가 들리면, 언제나 감사의 인사를 전하기 위해 힘겹게 입을 뗐던 그였습니다.

그는 온화한 성품답게 임종도 편안하게 이루어졌습니다. 고인의 뜻에 따라 장례식장 빈소의 모습도 밝았습니다. 영정 사진 속 고인은 해맑게 웃고 있었고, 빈소에는 그가 좋아하던 음악과 찬양이 함께했습니다.

태블릿에서는 생전에 행복했던 그의 모습이 영상으로 돌아가고, 그 주변에는 가족, 지인들과 함께했던 사진들이 놓여 있었습니다. 사진 속 고인의 모습에 울컥하는 나를 오히려 가족들이 위로했습니다. 그러면서 그와 함께 사진을 찍자고 제안했지요. 의아해하는 나를 중심에 놓고, 영정 사진 속의 그가 함께 나올 수 있도록 구도를 맞춘 후 사진을 찍었습니다. 어정쩡한 나의 표정을 제외하고는 모두 밝게 웃는 모습이었습니다.

가족들은 육체는 죽지만 영혼은 하늘나라 그분 품에서 영원생명을 얻는다는 깊은 믿음 속에 축복의 인사를 나누며 그를 보내고 있었습니다. 나 또한 신앙인임에도 이 가족을 보며 '신앙심이 얼마나 깊으면 이럴 수 있을지', 사실 조금 당황스럽기도 했습니다.

이들이 이런 평안함을 유지하기까지 지난 3년간 천국과 지옥을 하루에도 몇 번씩 오고갔을 것을 생각하면 가슴 한켠이 먹먹해졌습니다. 부디 그곳에서 고통 없이 평안하길, 내 마음을 모았습니다.

78세 여성 환자의 울부짖음이 예사롭지 않은 아침이었습니다. 그것은 통증이나 신체적 고통의 호소가 아니었습니다. 그렇다고 말기 섬망도 아니었지요. 그녀는 누군가를 향해 "잘못했다"는 말만 반복하며, 눈도 뜨지 못한 채 하염없이 눈물을 흘리고 있었습니다. 보기 안타까울 정도로 진심을 다해 누군가에게 용서를 빌고 있었습니다.

밤새 잠도 안 자고 계속 중얼거리다가 날이 밝으면서 상태는 극에 달했습니다. 간호사며 간병인이며 어찌할 바를 모르고 있었습니다. 간호사들은 답답한 마음에 가족들의 이름을 하나씩 대가며 "누구 불러드릴까요?"라고 물어보았지만 아무 소용이 없었습니다. 오히려 자극을 주면 상황은 더욱 심해졌습니다.

나는 환자 곁으로 갔습니다. 그러고는 허공에 대고 빌며 "잘못했다"고 울부짖는 어머니를 꼭 안아주었습니다. 마치 아가를 달래듯이, 머리를 쓰다듬고 가슴을 쓸어내렸지요. 그다음 어머니의 말에 귀를 기울였습니다. "부처님"이라는 단어가 얼핏 들리는 듯했습니다. 숨죽여 귀를 더 가까이 대보았습니다. 그 말은 확실히 "부처님"이었습니다.

나는 "나무아미타불"을 읊조렸고, 그 소리에 어머니는 더욱 크게 울부짖었습니다. 조용히 이야기하듯 "나무아미타불"을 이어갔습니다. 문득 어렸을 때 고모할머니 장례식에서 들었던 지장보살이 생각났습니다. "지장보살, 지상보살, 나무아미타불." 묵주기도를 하듯 계속해서 반복했습니다. 어머니는 나를 꼭 껴안으며 "잘못했다"고 용서를 구했습니다.

도대체 그녀에게 무슨 일이 있었던 걸까요? 염주를 가져와서 어머니의 손에 감아드리고 "지장보살, 나무아미타불"을 반복했습니다. 어머니께 부처님을 모셔와야겠다는 생각이 들어서 나는 법당 안으로 들어갔습니다. 나도 모르게 고개를 숙여 부처님께 용서를 구했습니다. '제가 잠시 밖으로 모실 테니 노여워 마시고, 부처님의 자비심으로 불쌍한 중생을 도와주세요.'

나는 조금 작은 불상을 모시고 나와서 어머니 곁에 놓아주었습니다. 전보다 훨씬 안정된 모습으로 부처님을 맞았습니다. 어머니의 안정을 위해 부처님과 함께 1인실로 옮겨드렸습니다. 그리고는 휴대폰으로 불경을 틀었습니다. 언제 그랬냐는 듯 너무나 평온해진 어머니를 뒤로하고 병실 밖으로 나왔습니다. 뒤늦게 알게 된 사연은 이렇습니다.

평생을 불교신자로 지내온 어머니는 말기암 진단을 받은 후 다른 종교의 세례를 받았다고 합니다. 종교가 다른 딸이 어머니의 영적 안녕을 위해서 제안한 일이었죠. 종교가 달라서 늘 마음이 쓰였던 딸은 어머니께 해드릴 수 있는 마지막 최선이 이것이었던 것 같습니다.

딸은 병원의 연락을 받고 한걸음에 달려왔습니다. 그런데 어머니 곁에 놓인 불상과 염주, 불경 소리에 몹시 불쾌해하며 모두 치워달라고 요구했습니다. 나는 아침에 있었던 일들에 대해 이야기했습니다. 그러고는 어머니를 위한 진정한 영적 돌봄이 무엇인지 살펴줄 것을 권유했습니다. 그러나 딸은 본인의 생각을 끝까지 접지 않았습니다.

어머니께서 딸의 마음을 헤아려주신 것인지, 아니면 딸의 절대자께서 혹은 어머니의 절대자께서 도와주신 것인지는 모르겠지만, 딸이 있을 때면 어머니는 그저 주무시기만 했습니다. 편안하고 깊은 잠이었습니다.

딸이 없을 때는 불경을, 딸이 방문할 때는 성경을…. 이렇게 '종교 전쟁'을 치르고 있던 어느 날이었습니다. 어머니께서 어떤 깨달음이 있었는지 평화로이 말씀하셨습니다.

"부처가 예수이고 예수가 부처다."

그렇습니다. 어머니에게는 그것이 진리일지도 모릅니다. 어머니는 얼마 후 임종을 맞았고, 이후 모든 장례 절차는 기독교장으로 이루어졌습니다.

어머니는 평생의 영적 삶이자 의미이며, 의지하고 지내왔던 그분을 배신하는 마지막이 더없이 고통스러웠던 모양입니다. 하지만 딸은 사랑하는 어머니가 떠난 뒤에도 구원이 이루어지길 간절히 바랐던 것이지요.

무엇이 정답인지는 알 수 없습니다. 다만 종교라는 것이 나의 욕심을 채우기 위한 것이나 나만을 위로하기 위함이 아닌, 어머니와 딸 모두에게 고통으로 남지 않길 바라봅니다.

또한 부처님과 예수님, 두 분께 어머니의 명복을 빌며 두 분의 자비하심이 어리석은 우리에게도 함께하길 기도합니다. 우리 모두는 고통받거나 죽어가는 사람의 영적 요구에 진심으로 민감하게 반응해야 함을, 이 가족을 통해 다시 한 번 느낄 수 있었습니다.

삶의
나이라는 것

애통하고 안타깝지 않은 죽음은 없습니다. 그렇지만 살아온 시간이 짧을수록, 그 비통한 심정은 이루 말할 수 없을 것입니다. 어린 아들을 떠나보내고도 울지 못했다는 한 어머니의 가슴 시린 이야기가 잊히지 않습니다. 그녀는 소리 내어 우는 것조차 비통함을 인정하는 것 같은 생각에 울지 못했다고 합니다.

환자는 유난히도 고운 마음을 가진 24세 청년이었습니다. 청년이라기보다 미소년에 가까웠습니다. 눈빛 또한 얼마나 고운지, 그 마음이 그대로 녹아 있었습니다. 늘 분주하고 바쁘게 돌아가는 호스피스 병동 식구들의 일상을 응원하고 염려해주던 든든한 청년이었습니다.

그런 친구를 눈부시게 아름다운 5월의 어느 날 만났습니다. 그는 심장의 골육종이라는 희귀암으로, 심부전에 좌측 흉수가 동반되어 통증과 호흡곤란으로 힘들어했습니다. 그럼에도 그는 입가에 엷은 미소를 머금고 있었습니다.

두 다리는 심하게 부어서 그 어느 신발도 신을 수 없을 정도였습니다. 부종 환자를 위해 준비해둔 치마를 입혀주니, 편하다며 고맙다는 인사 또한 잊지 않았습니다.

그는 호흡 곤란으로 누워서 잘 수도 없었습니다. 그래서 그는 어두운 밤이면 몸 만한 쿠션에 의지해 잠을 청했지요. 고개가 떨궈지거나 작은 움직임에도 움찔움찔 놀라며 잠이 깨기를 반복했습니다. 다행히 완화치료를 하면서 부종이 빠지고 통증도 줄어 호흡이 잘 조절되었습니다. 그러고는 기적처럼 누워서 잠을 잤습니다.

그의 어머니가 고백 아닌 고백을 했습니다. 급성기 병원에서 호스피스 병원으로 옮길 것을 권유받고, 자식을 포기하는 것 같은 절망과 두려움에 수없이 고민하며 결정을 번복했었다는 고백이었지요. 어머니는 오히려 늦은 결정에 대한 미안함과 그동안 아들을 너무 힘들게 했다는 죄책감에 또 다른 의미의 눈물을 닦아냈습니다.

어떤 결정이든, 어느 상황이든, '이 눈물이 마를 날이 있을까' 생각하며 그녀의 결정이 최선이었음을 안다는 격려의 마음으로 고갯짓을 했습니다. 한 아이의 엄마가 되고 나니 아픈 자식의 모습에 가슴 미어지는 어미의 마음을 조금이나마 알 수 있을 것 같았습니다.

거짓말처럼 증상이 조절되어 다리는 물론 전신 부종이 해결되었습니다. 호흡곤란과 흉통도 사라져서 스스로 복도를 거닐었죠. 운동도 하고 바깥 산책도 할 수 있을 정도가 되었습니다. 다시는 볼 수 없을 것 같았던 아들의 편안한 모습에 부모님은 물론 의료진도 놀라지 않을 수 없었습니다.

또 한 번 느꼈습니다. 어떤 의사를 만나느냐에 따라 삶의 질이 달라지고, 마지막 모습이 평안할 수 있다는 사실을요. 이 얼마나 큰 행운인가요.

국내 암 사망자 중에서 호스피스 완화 돌봄을 받다가 임종하는 경우가 2008년 7.3%에 불과했는데, 10년 뒤에는 22%까지 상승했습니다. 물론 대만이나 싱가포르처럼 70% 넘는 수

준에 비하면 아직도 많이 부족합니다. 그럼에도 해마다 증가 추세를 보이고 있는 것은 매우 긍정적이라고 볼 수 있습니다. 20% 남짓한 숫자에 나 혹은 사랑하는 나의 가족이 포함되어 고통 없이 살다가 존엄한 임종을 맞이할 수 있음은 큰 축복입니다.

간호사 유니폼을 입은 사람이라면 누구나 언니나 누나가 됩니다. 나이와 상관없이 말이죠. 실로 엄마와 비슷한 연배의 간호사도 누나입니다.

"누나, 점심은 드셨어요? 이렇게 바빠서 어떻게 해요?"

한참 국가사업과 관련된 서류 작업으로 씨름을 하고 있을 때, 그는 말했습니다.

"누나, 제가 대신 해드릴까요? 저 워드 잘해요. 빨리 퇴근하고 집에 가셔야지요."

그는 간호사 누나들의 일상을 더욱 살피며 응원과 걱정을 해주었습니다.

"저는 괜찮아요. 저쪽 할아버지 많이 힘드신가 봐요. 할아버지 봐주세요"라며 다른 환자들을 걱정했습니다.

하루는 외부 행사로 일을 보고 집으로 가는 길에 메시지를 받았습니다.

"누나, 어디예요?"

"외부 일정으로 나왔다가 퇴근하는 길이에요. 혹시 무슨 일 있나요?"

"아뇨. 누나 요즘 계속 늦게 퇴근하고 힘들어 보여서요. 제가 선물 하나 준비했는데, 내일 드릴게요."

선물이 무얼까 궁금했지만 내일을 기약했습니다. 그러고는 다음 날 출근하자마자 한걸음에 달려가 보았습니다. 책상 위에 예쁜 꽃다발이 나를 기다리고 있었습니다. 그가 원예요법 시간에 선생님의 도움을 받아 만든 꽃다발이었습니다.

어머니도 아니고 아버지도 아닌 나를 위해 만들었다는 꽃다발. 세련되지는 않았지만 그 친구만큼 순수하고 고운 꽃다발이었습니다.

임종 환자를 위한 헌화를 만들어보기만 했지, 이렇게 환자가 만든 꽃다발을 받아보기는 처음이었습니다. 더욱이 삶의 끝자락에서 자기 자신만 바라보기에도 충분치 않음을 알기에, 도리어 위로와 응원의 메시지를 주는 이 친구의 마음이 얼마나 귀하고 고왔던지요. 그 고마움에 코끝이 찡해짐을 느겼습니다.

어려서부터 타인에 대한 배려가 남달랐다던 그였습니다. 어머니는 오히려 아들의 이런 모습 때문에 가슴앓이를 했다고 합니다. 내가 먼저인 요즘 세상에서 조금은 이기적이고 조금은 영악해도 될 법한데, 그렇지 못한 모습에 걱정이 되었던 모양입니다.

터치만 하면 원하는 정보를 다 얻을 수 있는 스마트한 세상입니다. 이런 세상에서 자신의 상태와 호스피스에 대한 정보를 모를 리 없는 친구일 텐데, 다른 사람을 먼저 챙기며 응원해주는 모습을 보며 대단하다고 느꼈습니다. 많이 무섭고 두려웠을 텐데 그런 내색 없이 말이지요. 나이가 많고 적음이 아닌 그 친구의 마음 자락 크기인 것을, 삶의 나이가 이토록 성숙했음을 알 수 있었습니다.

증상은 조절되고 있었지만 그의 병은 진행되고 있었습니다. 시간이 많지 않다는 것을 우리 모두는 알고 있었습니다. 1년 같은 하루를 선물해야 한다는 것쯤은 누가 먼저 이야기하지 않아도 모두 같은 생각이었을 것입니다.

그 덕분인지 병실은 마법에 걸린 듯 시시각각 새로운 모습으로 번했습니다. 팝콘 냄새가 진동하는 영화관으로, 화려한 조명의 노래방으로, 젊은이들 사이에서 한창 유행하는 가상 현실체험까지…. 그 나이 친구들이 할 수 있는 경험은 하나라도 더 해볼 수 있도록, 우리는 참 많이 노력했습니다.

병원 광장에서 무알콜 맥주로 힘내자고 격려하며 호프 데이Hope day를 했고, 입원 후에 한 번도 병원 밖을 나가보지 못한 그를 위해 사회복지사 선생님들이 산소발생기와 휠체어까지 실을 수 있는 넉넉한 크기의 차량을 섭외해서 다같이 인근 공원으로 피크닉을 다녀오기도 했습니다.

우리는 피크닉을 다녀온 후 용기가 생겼습니다. 그래서 캠핑카를 이용해 서해 바다를 다녀오자는 캠핑 계획을 세워보기도 했지요. 바다 냄새, 바닷바람, 파도 소리를 느끼기 위해 바다를 구경하기로 했습니다. 그를 '준비위원장'으로 임명해 여행 일정과 세부 계획을 맡겼고, 기타 사항은 우리가 준비하기로 했습니다.

그러나 너무 큰 욕심이었을까요? 그의 아픔이 깊어지고 있었습니다. 왠지 이번에는 좋아지지 않을 것이라는 걸 직감적으로 알 수 있었습니다. 호흡곤란에 부종까지, 상태가 순식간에 나빠지고 있었습니다.

'냉정해지자. 지금까지 잘 살 수 있도록 도와주었다면, 이 제는 잘 갈 수 있도록 보내주어야 한다. 그것이 우리의 소명 이다.' 이렇게 마음을 다졌습니다.

2개월 여의 시간을 잘 지내주었던 아들이었기에, 그의 부모님은 무너졌습니다. 거센 파도가 모래성을 한순간에 휩쓸어가는 것처럼, 매우 빠르게 진행되고 있었습니다.

그는 잠들기 전까지 우리의 손을 놓지 않았습니다. 그러던 중 잠깐 눈을 떠서 가느다란 목소리로 "누나, 고마워요"라고 해주었습니다. 나는 마지막이 될지도 모를 인사를 하고, 무거운 발걸음으로 병원을 나섰습니다.

그날 퇴근을 하고도 먹먹한 마음에 아들의 손을 잡고 성당을 찾았습니다. "형이 이제 하늘나라로 갈 것 같아"라고 이야기하자 나의 아들은 작은 초를 들고 와서 밝히자고 했습니다. 형의 마지막 가는 길이 무섭지 않게, 이 초가 환히 비춰줄 것이라면서요.

초를 밝히고 마음을 모으고 있을 때였습니다. '시온 님 편안하게 임종하셨습니다.' 나지막이 메시지가 전해졌습니다.

가슴에 울림을 주었던 박노해 시인의 〈삶의 나이〉라는 시가 떠오르는 밤이었습니다. '일 년 뒤 오늘, 삶의 나이를 한 살 더해서 전해줘야지', 그렇게 다짐하며 예쁜 편지지에 시를 곱게 옮겨보았습니다. 이제 추억이 될 그와 함께했던 소중한 시간을 기억하며.

죽음을 맞이하는
이들의 자세

다가올 죽음을 준비하고, 죽음을 맞는 이들과 함께하는 것은 내 삶의 일부입니다. 수많은 죽음을 보는 것 역시 내 삶의 일부입니다.

그럼에도 누군가의 죽음을 보는 일은 쉽지 않습니다. 이는 많은 죽음과 함께하면 할수록 더욱 깊어집니다.

유일하게 면역이 생기지 않는 것이 사별의 슬픔인 것 같습니다. 오늘의 위로가 어제보다 더 어렵고, 오늘의 눈물이 어제보다 더 뜨거운 것을, 매일 하루씩의 삶을 더해가며 더 크게 느끼고 있으니까요.

죽음을 준비하는 것을 많이 봐왔지만, 그 중에서도 너무나 세심한 준비를 한 분이 기억에 남습니다. 그는 60대 가장으로 죽음의 문턱에서 호스피스 병동에 입원했습니다. 이미 턱까지 차오른 호흡이 우리를 당황하게 했습니다.

그럼에도 거친 호흡과는 달리 의식은 얼마나 또렷한지요. 그는 모든 상황을 진두지휘했습니다. 그를 간병하고 있는 아내는 그가 말하는 구체적인 지시에 따라 이리저리 분주하게 움직였습니다.

그런데 아내의 그런 모습은 여느 보호자들과 달랐습니다. 삶과 죽음에서 사투를 벌이고 있는 남편을 안쓰럽게 여겨 뭐라도 해주려는 것이 아니었습니다. 아내는 잔뜩 주눅이 들어 있었지요.

'그간의 삶이 녹록치 않았을 것 같다'는 생각을 뒤로한 채, 아내에게 임종이 임박한 상황에 대해 설명을 했습니다. 그리고 임종 준비를 할 수 있도록 격려했습니다.

입원 3일째가 되자 호흡양상은 더욱 나빠졌습니다. 다행히 증상완화를 위해 처방된 약제를 적극적으로 사용해서 환자가 느끼는 고통은 훨씬 줄었습니다. 그럼에도 숨찬 증상 때문에 사람들과의 의사소통은 어려웠습니다.

반좌를 취하고 기대어 쉬는 것이 가장 편안해 보였으나, 환자는 쉼 없이 움직이고 이야기를 하려 했습니다. 그는 A4 용지를 한가득 쌓아두고 무언가를 계속 적으려고 애를 썼습니다. 나는 그저 '온 힘을 다해 유서를 작성하시나 보다'라고 생각했습니다.

그날 오후였습니다. 아내가 눈물을 닦으며 내게 면담을 요청했습니다. 아내는 "평생을 내 의견이나 주장 없이 살아왔어요. 그릇 하나도 내 마음대로 사본 적이 없고, 모든 것을 남편이 결정했지요. 참으로 불쌍하고 답답한 인생이에요. 나를 못 믿어서 그런 건지, 말 그대로 저는 '아바타'랍니다. 그래도 이제 죽음을 목전에 두고 있으니 안쓰럽고 불쌍해서 그 뜻을 받들어주고 있는데, 이건 너무 하네요"라며 울분을 토해냈습니다.

환자는 입원한 다음부터 본인의 장례계획을 세우고 있다는 겁니다. 펜을 잡을 기력도 없어서 떨어뜨리기 일쑤였고, 아내는 떨어진 펜을 주워서 남편 손에 쥐어주기를 반복했습니다. 아내는 남편이 자신의 장례식을 계획한 내용이 기가 막히다고 했습니다.

아내는 '30년 넘게 살아오며 이렇게까지 나를 못 믿는구나' 하는 생각이 들었다고 했습니다. 더 나아가 한 인간으로서 자기가 무가치하다고 느껴 자신을 더없이 괴롭힌다는 것이었습니다.

나는 아내와 면담을 마치고 조심스레 병실에 들어갔습니다. 아예 작정을 하고 침대 한쪽에 걸터앉아 그와 이야기를 시작했습니다.

환자는 "이렇게 편안해질 줄 알았으면 진작 올 걸 그랬네요"라며 쓴웃음을 지었습니다. 나는 "이제라도 편안해졌다니 다행이에요"라며 그를 격려했습니다. 그러고는 그가 작성해 둔 종이로 시선을 옮겼습니다.

"유서를 작성하시는 건가요?"라고 물었습니다. 그러자 환자는 "선생님, 장례에 대해서는 잘 모르시죠?"라고 말하며 종이를 건네주었습니다.

그간 많은 환자들의 유서를 봤지만, 이렇게 자세한 내용은 처음이었습니다. 그야말로 '장례계획서'더군요. 본인의 장례를 위한 장례계획서이지요.

●●

부고: 故 최○○

4월 ○일 ○시 임종

상주: 김○○, 최○○

빈소: ○○○○○병원 장례식장(60평형)

입관: 4월 ○일 오전 11시

발인: 4월 ○일 오전 7시

장지: ○○○○파크(이동 차량은 30인승 예약. 운구 차량 별도)

상복 입을 사람(상복은 장례식장 도착시 조문을 받기 전에 모두 입는다)

  - 남자: 최○○, 최○○, 최○○, 최○○, 최○○, 김○○,

     서○○, 이○○(4촌까지 입을 것)

  - 여자: 김○○, 최○○, 최○○, 최○○, 정○○

방명록: 3권(여유 있게)

조의금 접수: 김○○, 문○○(자리를 비울 땐 후배 황○○에게 부탁)

사망진단서 필요한 곳: 사망신고(주민센터)

  - 보험회사 2곳, 은행 3곳(소견서는 미리 담당자에게 제출했음)

  - 최○○ 회사 제출, 진○○ 경리에게 제출

(중략)

●●

생의 마지막에서 간절히 원하는 것들

종이를 읽어 내려가며 입이 딱 벌어졌습니다. 부고를 낼 곳, 부고를 전할 연락처, 장례식장과 빈소의 평수, 입관과 발인 시간, 상복을 입을 사람의 명단, 상복을 입는 시점, 방명록 부수, 조의금을 받을 사람, 사망진단서 제출할 곳, 장지로 이동을 위한 운구 차량, 음식의 종류, 음료와 주류의 종료와 양, 서빙을 위한 도우미 수, 관과 수의의 가격선까지 자세하게 기록한 장례계획서였습니다.

지나치게 철두철미한 그의 배려(?)가 남은 가족들에 대한 배려인 것인지, 삶에 대한 애착이 죽음 이후까지 좌지우지하고자 하는 마음으로 투사되고 있는 것인지는 나도 알 수 없었습니다. 나는 그저 남편의 장례계획서를 보는 아내의 속상한 마음을 이해할 수 있었습니다.

또한 죽음 앞에서 마치 회사의 사업계획서를 만들듯이 장례계획서를 작성하는 그를 보며 안쓰럽고 안타까웠습니다. 그의 지난 시간들이 얼마나 치열하고 각박했을지 너무나도 잘 느껴져서요.

그럼에도 이것이 그의 죽음 준비라면, 환자와 남은 가족들에게도 상처가 되지 않는 죽음이 되도록 도와야 하는 것이 우리의 역할입니다. 나는 사회복지사에게 의뢰해서 정확한 장례 절차와 필요한 정보를 그들에게 제공했습니다. 물론 아내와 아들을 함께 참여시켰습니다. 그리고 환자 대신 가족이 펜을 잡을 수 있도록 했습니다. 환자가 바라는 뜻에 따라, 올바른 장례 절차에 따라 계획을 하고 정리를 하니 훨씬 편안해보였습니다.

나는 피아노를 전공한 그의 아들에게 아버지를 위한 작은 연주회를 열어보자고 제안했습니다. 병실에서 작은 연주회가 열렸습니다. 그제야 환자는 편안하게 온 몸으로 이 모든 것을 받아들였습니다.

이별을 받아들일 준비의 시간이 있었기에, 삶과 죽음의 경계에 선 그는 더없이 편안해 보였습니다. 다음 날 그는 호흡이 더욱 거칠어졌고, 사랑하는 가족들과 함께하며 편안하게 눈을 감았습니다.

떠나는 사람과 떠나보내는 사람 모두에게 '슬픔'이라는 공통분모가 있습니다. 다만 각자의 입장에서 느껴지는 슬픔의 색깔과 깊이는 서로 다릅니다. 그렇기에 죽음을 대하는 우리의 자세는 다를 수밖에 없을 것입니다. 그러나 중요한 것은 떠나는 사람에게도, 떠나보내는 사람에게도, 상처로 남지 않을 죽음이 되어야 한다는 것이지요.

그에게 끝까지 물어보지 못한 한 가지가 있습니다. 입관과 발인 시간은 어떻게 정한 것인지 아직도 궁금합니다.

4차 산업혁명으로 삶의 방식이 크게 변화하고, 의학 기술의 발달로 수명은 연장되고 있습니다. 그럼에도 사람의 목숨을 앗아가는 사건사고는 끊임없이 발생하고, 무서운 질병들 역시 점점 더 많아지고 있습니다. 인터넷과 SNS를 통해 전 세계 뉴스를 시시각각 접할 수 있으니, 체감하는 부분은 더욱 큰 것 같습니다.

그럼에도 죽음은 나에게 발생한 일이 아니기에 먼 이야기입니다. 그건 언제나 다른 사람의 죽음일 뿐, 나의 죽음은 아닌 것이지요.

"선생님은 모를 거예요, 가족의 마음을. 저도 여기 오기 전에는 그랬으니까요." 호스피스 병동에 입원한 환자의 가족들이 많이 하는 이야기 중 하나입니다.

마음을 몰라줘서 서운하다는 표현이 아닙니다. 죽음이 나의 일이 아니었던, 그래서 그때는 자신도 알 수 없었다는 이야기입니다. 그만큼 사별의 애통함과 슬픔은 경험해보지 못한 힘든 감정이라는 뜻이겠지요.

나 역시 간호를 하면서 "알아요. 이해해요"라는 말은 많이 아끼는 편입니다. 그저 보호자를 토닥이면서 위로와 격려의 마음을 전할 뿐입니다. 그런 이야기를 내게 전하는 보호자의 마음을 알기 때문입니다. 그 마음을 너무나도 잘 알기 때문입니다.

나는 27세에 아버지를 교통사고로 보내드리고, 30세가 되던 해에 어머니를 말기암으로 보내드렸습니다. 사고로 한순간에 사랑하는 가족을 잃는 일이 얼마나 잔인하고 충격적인 일인지 잘 알고 있습니다. 급작스러운 죽음으로 인한 사별이 얼마나 고통스러운지 기억합니다. 또한 어머니가 암 진단을 받았을 때의 충격, 투병 과정의 고통과 위기 상황들, 암세포와의 전쟁에서 이기지 못한 말기 판정, 시한부 삶…. 그리고 안녕이었습니다.

나의 부모님에게는 영원히 죽음이란 없을 것 같았습니다. 부모님과의 이별이 사별이 될 거란 생각은 그저 막연했을 뿐이었지요. 그래서인지 부모님과의 이별은 그저 절망이었습니다. 세상에서 가장 불행하고 불쌍한 나였습니다. 슬픔을 슬픔이라고 느끼지 못할 만큼 무력했으니까요.

그 누구도 내 마음을 알 수 없을 것이라 생각하던 시절이었지요. 아니, 사람들의 위로와 격려가 오히려 상처가 되던 시절이었습니다. 그런 시절이 나에게도 있었지요. 그래서 지금 환자 가족들의 "선생님은 모를 거예요"라는 말을 들으면 그 마음이 이해가 됩니다.

사별가족들과 이야기를 나누다 보면 그들이 많이 하는 말씀이 있습니다. "지나고 보니 이 모든 것이 각본 없는 드라마 같다"라고요. 그간 살아온 삶도, 마지막을 준비하고 떠나는 과정도 이보다 더 영화 같을 수는 없었다는 겁니다.

말기암 진단과 동시에 10년간 난임으로 고생한 아들 부부의 임신 소식, 배우자와의 이혼으로 자녀들과 등지고 살다가 말기암 진단으로 화해하게 된 사연, 가족들에게 버림받고 노숙자처럼 지내다가 생애 말기에 가족들의 보살핌 속에 용서와 화해로 마무리를 할 수 있게 된 사연, 평생 잉꼬부부였던 부모님이었는데 어머니가 돌아가신 지 30일 후에 아버지의 장례를 치르던 사연, 어린 자녀를 떠나보내고 더욱 돈독해진 부부의 사연 등 모든 순간은 이유가 있고 의미가 있었다는 것입니다.

나 또한 부모님을 통해 극과 극의 죽음을 경험하게 한 일들이 이제는 또 다른 의미로 남았습니다. 그때는 몰랐던 그 의미가 다 이유가 있던 일들이라는 것을요.

준비되지 않은 죽음과 준비된 죽음을 경험하며, 삶 속에 사별의 슬픔을 녹여내어 다른 이들의 아픔을 보듬고 간호할 수 있도록 준비시킨 것이라는 생각이 듭니다. 또한 유난스러울 정도로 자식 사랑이 컸던 부모님, 남들보다 짧은 시간에 사랑을 주셔야 하니 몇 배로 더 진하고 깊은 사랑을 주셔야 했던 것 같습니다.

아버지 어머니 모두 60세가 되는 해에 세상을 떠나셨습니다. 그렇기에 나의 기억 속 부모님의 모습은 할아버지 할머니가 아닌 그저 나를 안아주고 받아주시는 넉넉한 중년의 아름다운 모습입니다.

나에게 있어 늙지 않는, 언제까지나 나의 울타리가 되어주실 것만 같은 부모님의 모습과 그 기억이 참 좋습니다.

"아프고 힘들어도 살아지더라"는 사별가족들. 아마도 사랑의 기억이 가슴 깊이 남아 있기에, 살아갈 수 있는 것 같습니다.

호스피스 병동의 환자들에게는 임종 전까지 시간이 있습니다. 그 시간 동안 어떤 모습을 갖느냐에 따라, 남겨진 시간을 살아가야 하는 사별가족들에게 많은 영향을 미칩니다. 비단 호스피스 병동에 입원한 말기 환자의 경우만은 아닌 것 같습니다. 누구나 한정된 시간을 사는 동안에 주어진 시간을 어떻게, 어떤 자세로 살아야 하는지가 중요합니다. 나는 오늘도 그러한 교훈을 호스피스 병동에 입원한 말기 환자와 가족들에게 배우고 있습니다.

4장

남은 시간과
남겨진 시간

이충원

후각으로
기억되는 이들

어느 날, 한 사별가족의 전화를 받았습니다. 배우자와 사별한 지 얼마 지나지 않은 중년여성이었습니다. 그녀는 사별상담이 필요하다고 요청했는데, 전화로는 어려운 일이냐고 물어 왔습니다. 직접 대면하는 일이 아직 어렵다면 전화상담도 가능하다고 답했습니다.

상담의 요지는 주위 사람들에게 아직 '배우자 사별을 알리지 않았다'였습니다. 장례식 때 문상객은 없었는지 물어보니, 장례는 잘 치렀다고 했습니다. 다만 "가족은 어떻게 지내세요? 배우자는 어떤 일을 하세요?"라고 묻는 사람에게까지는 굳이 말하고 싶지 않다는 것이지요. 그러면서 "내가 잘못되었나요?"라고 질문했습니다.

암 진단을 받은 후 투병 기간이 길었고 임종 상황도 여러 번 겪었던 만큼, 조용한 임종기를 보내겠다고 했던 기억이 났습니다. 임종하더라도 다니고 있는 종교 기관에 임종예식을 요청하지 않을 것이라고 하던 배우자가 기억났습니다. 사별 상실을 직면하고 인정하기까지의 시간은 사람마다 다르고 매우 자연스러운 과정임을 설명하니 안심하는 듯했습니다.

사별 상실을 인지하고 애도하는 시간이 충분하더라도 '직면'한다는 것은 어렵습니다. 직면은 사별을 '인정'하고 '수용'하는 것이기에 피하고 싶은 것일지도 모릅니다. 사별 상실의 과정 중 한 부분일 뿐이고, 직면을 해야만 '건강한 애도과정'이 되는 것은 아닙니다. 특별한 절차나 확인 없이도 조용한 직면도 있고, 긴 시간 동안 미루어진 직면도 있습니다.

해외에 계시던 나의 외조부는 현지에서 임종을 맞이한 후 납골함에 담겨 귀국했습니다. 임종도, 장례식도 참석하지 못했던 나는 당시 7세였습니다. 가족들은 외조부의 납골함을 깊은 산의 절에 모셨습니다. 짙은 안개가 가득한 이른 아침, 어른들은 스님의 뒤를 따르며 유해를 산에 뿌리러 갔습니다. 나도 어린아이였는데, 더 어린 남동생과 두 명의 사촌 여동생들이 잠든 방을 지키라는 엄마의 말에 동행할 수 없었습니다.

함께 갈 수 없었지만 방 문을 조금 열고서 안개 속으로 사라지던 행렬의 모습을 아직도 기억합니다. 나는 성냥개비 탑쌓기를 함께했던 외할아버지를 배웅할 수 없었습니다. 짙은 안개 속에서 향냄새가 가득했습니다. 내가 맞이한 첫 번째 죽음이라는 이별이었습니다.

이후 절을 방문하는 기회가 생길 때마다 맡는 향냄새에 외할아버지를 떠올리게 되었습니다. 종종 방문하는 장례식장 향냄새에서는 외할아버지를 한 번도 떠올린 적이 없었습니다. 그러나 우연히 방문하게 된 고즈넉한 절 풍경 속에서 피어나는 향냄새는 외할아버지와 마주하게 합니다.

한 중년남성이 아내와 함께 간 백화점에서 갑자기 눈물을 흘렸습니다. 가장 당황한 사람은 동반자인 아내였지요. 아내는 남편에게 갑자기 왜 우는 것인지 물어보았습니다. 남편은 "돌아가신 어머니가 생각나서"라고 했습니다. 아내는 당황하고 많이 놀랐습니다. 아내는 남편이 초등학생 때 돌아가신 어머니를 사진으로만 뵀습니다.

남편을 울린 것은 백화점에 진열된 신상 화장품 향이었습니다. 그 화장품은 단종된 상품이었는데, 최근 리뉴얼되면서 판매하게 된 상품이었습니다. 돌아가신 어머니가 사용하던 화장품이 무엇이었는지 남편은 알지 못했습니다. 그러나 어머니 품에 안길 때마다 맡았던 '향기'가 잊고 있었던 어린 시절의 어머니와 만나게 해주었던 것이지요.

병동에서 활동하는 아로마테라피스트가 있습니다. 보통 서양 이름으로 가득한 에센셜오일essential oil 을 배합했음에도 불구하고, 환자가 표현하는 향기는 "우리 집 앞마당에 있던 나무" "친구들과 놀다가 엄마가 저녁을 먹으라고 부를 때 나던 냄새" 등 지극히 토속적인 것이었습니다. 몸은 비록 병상에 누워 아무것도 할 수 없지만 향기와 함께 어린 시절의 행복했던 시간과 사람들을 만나고 있었습니다.

후각이 소환한 추억이 향기롭기만 한 것은 아닙니다. 때로는 아프기도 합니다. 각자 경험과 추억의 크기에 따라 다르게 마주할 것입니다. 때로는 기억하고 있는 추억이 기억과 다르게 왜곡된 경우도 있습니다.

평소에 손이 많이 간다는 이유로 고인이 좋아하던 칼국수를 자주 만들어주지 못했다고 이야기하던 사별가족이 있었습니다. 그들은 칼국수를 먹을 때마다 아쉬움과 죄책감을 느낀다고 했습니다.

오랜만에 만난 시누이들과 칼국수를 먹던 날, 고인에 대한 이야기를 하던 중에 남편이 밀가루 음식을 좋아하지 않는 것을 알게 되었다고 합니다. 한국전쟁을 겪은 세대라 피난중에 질리도록 먹어서인지, 밀가루 음식을 싫어한다는 것이었지요. 그러나 남편과 사별한 아내는 칼국수를 마주하면 어김없이 남편을 떠올린다고 했습니다. 조금은 왜곡된 기억이지만 추억이 변하는 것은 아니기 때문이니까요.

사별 상실은 정신적으로 큰 충격이고 총체적인 고통이 동반되는, 힘들고 어려운 시간을 겪게 합니다. 총체적인 고통의 크기와 정도는 개개인마다 다른 형태와 모습을 가지고 있습니다. 그렇기에 떠난 이와 함께했던 시간을 떠올리는 일은 쉽지 않습니다. 특별히 죄책감, 후회, 아쉬움이 동반된 기억이라면 더 어려울 수 있습니다.

유채꽃은 아름다운 모습과 달리 향기가 좋은 꽃은 아닙니다. 그러나 많은 이들이 유채꽃과 관련된 추억을 이야기하면서 '향기롭던' 장면으로 표현하는 것을 여러 번 보았습니다. 실제로 후각을 자극하는 향기가 없음에도 불구하고, 함께 찍은 사진 속 유채꽃 향기는 따뜻한 모습으로 존재하곤 합니다.

냄새를 맡는 능력은 제1뇌신경과 연관이 있고, 행복감을 전달하는 중요한 수단이어서 그럴지 모릅니다. 대뇌의 변연계를 통해 두뇌로 전달된 방향입자는 기억력과 감정 상태에 영향을 미치며, 뇌하수체를 자극해 호르몬 밸런스를 조절합니다. 그래서 후각은 신체적·감정적 변화를 조절할 수 있습니다.

1년에 두 차례, 사별돌봄 프로그램을 진행하던 때가 있었습니다. 가을에 사별을 경험한 이는 낙엽 향기 속에서 그리운 이를 떠올렸습니다. 계절이 바뀌는 봄의 꽃향기가 그리움이 되어 누군가를 눈물짓게도 했습니다.

프로그램을 마치는 8주의 시간이 흐른 뒤, 아픔으로 기억되던 향기를 사별가족들은 다르게 표현하고 있었습니다. 변한 향기는 옅어진 그리움이 아니라, 덜 아픈 기억이었습니다. 그리고 달라진 향기의 도움으로 조금씩 용기를 내고, 한 발자국 내딛는 것을 알 수 있었습니다. 그렇게 성장하는 향기도 있었습니다.

프로그램을 시작한 첫날, 입구에서 문을 열고 들어오기를 망설이던 분은 2년 4개월 전 남편을 사별한 중년여성이었습니다. 우울한 기간이 너무 장기화되는 것을 염려한 두 아들이 어머니를 열심히 설득해서 신청서를 제출했습니다. 그런데 프로그램을 시작하는 당일에 몸도 마음도 너무 아파서 오고 싶지 않았다고 했습니다.

가을비가 내리던 날, 낙엽이 더 짙어진 날 모임을 그만두고 싶다는 의사를 표했습니다. 그러나 "이왕 시작한 것 조금만 더, 한 주만 더"라고 격려하며 참여를 독려했습니다.

어느덧 프로그램이 중반을 넘어설 즈음, 사별 전에 배웠던 도자기 작업을 다시 시작해보려 한다며 희망에 대해 이야기를 시작했습니다. 가을이 깊어지고 낙엽의 향이 강해지고 있을 때, 직면한 사별의 아픔이 조금씩 완화되고 있다는 것을 느낄 수 있었습니다. 그리고 다음해 봄, 도자기 작품전 초대장을 받았습니다.

매년 가을이 되면 나는 외할아버지와 외할머니의 위패를 모셔둔 강원도에 다녀옵니다. 절에 모신 외할아버지 곁에 6년 전 임종하신 외할머니도 함께할 수 있도록 했습니다.

안개 속 향 내음으로 기억되는 외할아버지와 생전에 커피를 좋아하셨던 외할머니를 위해 보온병에 커피를 담아갑니다. 단풍이 무르익기는 조금 이른 때라 가을여행으로는 부족하지만, 절 주변을 걷고 숲길에서 마시는 커피 한잔의 향으로 두 분을 흠뻑 만나고 옵니다.

생의 마지막에서 간절히 원하는 것들

남은 시간과
남겨진 시간

외국에서 호스피스활동수련을 받고 있을 때의 일입니다. 호스피스 병동에 입원한 독거환자가 한 명 있었습니다. 그는 자신의 신변이나 가족에 대한 이야기를 도통 하지 않아 다학제 팀에서는 환자에 대한 정보가 충분치 않아 어려움을 겪고 있었습니다.

외국인인 제가 방문해보는 것은 어떠냐는 제안에 그를 만나보기로 했습니다. 병실로 들어가기 전 기록을 살펴보니, 환자의 이름이 'Lee'였습니다. 우리나라에서 'Lee'는 성씨로 사용되지만, 서양에서는 남자 이름으로도 사용됩니다.

무슨 용기였는지 지금도 잘 모르겠지만, 환자를 만나자마자 나는 이렇게 말했습니다. "Lee 아저씨, 반갑습니다. 아저씨를 만나러 한국이라는 나라에서 'Lee'가 왔어요." 잠시 당황한 표정을 짓던 환자는 이내 크게 웃으며 'Lee'라는 공통점에 반가워했습니다.

그렇게 시작된 대화는 환자의 신상과 가족관계로 이어졌습니다. 그는 집에서 호스피스 돌봄을 받고 싶었지만 가족이 없어서 결국 시설에 입원하게 되었다고 했습니다. 줄곧 혼자 지내왔냐고 물어보니, 젊은 시절에 짧게나마 결혼생활을 했다고 했습니다. 그는 그때 낳은 딸이 아마도 서른 살이 훌쩍 넘었을 거라며 자조적인 웃음을 보였습니다.

이혼 후에 위자료나 양육비도 주지 않은 채, 여기저기 떠도는 삶을 살았다고 했습니다. 그래서 가족들이 어디에 살고 있는지 몰랐던 것이지요. 그러고는 양심이 없다는 걸 알지만 딸이 보고 싶다고 했습니다. 딸을 만나서 용서를 구하고 싶다고 했습니다.

병실을 나와 슈퍼바이저에게 이러한 사실을 보고했습니다. 다들 새로운 정보에 반가워하며 지역사회에 도움을 요청하면 잃어버린 가족을 찾을지도 모른다고 했습니다.

며칠 뒤 딸의 연락처를 찾았습니다. 그리고 환자에게 딸이 허락한다면 만나고 싶은지 마지막으로 확인했습니다. 슈퍼바이저는 Lee 환자의 딸에게 연락을 취해 평생 잊고 지내온 '아버지'에 대한 정보를 전달했습니다. 딸은 살고 있는 곳이 호스피스 기관과 다른 주$_{state}$라서 바로 올 수는 없다고 했습니다. 다만 이번 주말에는 방문이 가능할 것 같다며 만날 시간을 알려주었습니다.

그 소식을 들은 Lee 아저씨는 많이 울었습니다. 표정도 없고, 말수가 적었던 분이 눈물을 보였습니다. 걸음마를 시작하기도 전에 헤어진 딸은 이미 서른을 넘겼고, 자녀도 두 명이나 있었습니다. 그 둘은 만나자마자 한동안 서로를 바라만 보고 말이 없었습니다. 부녀는 말이 많지 않다는 공통점이 있었지요.

얼마 후 나는 병동을 다시 방문했습니다. 아저씨는 딸과 만나기 위해 짧게 외출중이었습니다. 멀리서 호스피스 기관을 찾은 딸 때문에 인근에 숙소를 잡고 하룻밤을 지내기로 했다는 소식을 들었습니다. Lee 아저씨는 본인에게 남은 시간을 자신이 가장 바라던 일에 사용할 수 있었습니다.

이후 다시 만난 Lee 아저씨에게 어떻게 외국인인 나에

게 이런 소중한 이야기를 해주는지 물어보았습니다. 환자는
"Lee 아저씨!"라고 가족처럼 부르는 호칭에 딸을 만나는 기
분이 들었다고 했습니다. 그래서 혼자만 간직하고 있었던 딸
이야기를 할 수 있었다고 했습니다.

얼마 전 지역사회 소외계층 재가암 환자의 입원 의뢰를 받
았습니다. 호스피스 돌봄을 필요로 한다면서 말이죠. 보호자
도 없이 지낸 환자는 직장암과 방광암 말기였습니다. 관리해
야 하는 장루가 두 개나 있는 심각한 상황이었죠. 보건소 방
문간호사는 입원이 필요한 이유 중 하나가 장루관리라고 했
습니다. 환자는 시각장애 2급이라 혼자서는 장루관리가 거의
불가능한 상황이었고, 교체할 때마다 극심한 통증과 감염 때
문에 응급실을 자주 찾았다고 했습니다.

입원 후 상담을 통해 환자의 가족관계를 살펴보았습니다.
그는 젊은 시절 1년 6개월간 결혼생활을 했고, 그때 낳은 아
들이 한 명 있었습니다. 사업이 부도 위기에 놓여 경제적으로
어려워지자 아내는 아들을 데리고 집을 나가버렸고 돌아오지
않았습니다. 그렇게 집을 나간 아내는 이혼을 요구해왔으며,
당시 아들은 돌을 갓 넘긴 때라 엄마 품에서 자라는 것이 옳

다고 생각해서 그는 양육권을 포기했습니다.

그가 이혼하고서도 혼자라는 생각이나 외로움도 느끼지 않고 잘 지낼 수 있었던 것은 그에게 터울이 얼마 나지 않는 형과 동생, 그렇게 삼형제가 함께 살았기 때문이라고 했습니다. 비슷한 시기에 이혼한 형과는 누구보다 서로를 이해하는 점이 많아 좋았고, 미혼인 동생은 살림도 잘하고 집안일을 꼼꼼히 하는 편이라 만족스러웠다고 했습니다.

그러나 그가 암 진단을 받을 즈음, 형이 뇌졸중으로 갑자기 세상을 떠나고, 동생 역시 감염 때문에 급사한 후 혼자 남았다고 했습니다. 넉넉하지는 않았지만 삼형제가 함께 현장 일을 다니며 충분히 생활할 수 있었는데, 형제들과 사별하고 항암 투병으로 자리를 보존하게 되자 기초생활수급 신청을 하기에 이르렀습니다.

동생이 평소에 집안일을 다 해주었기에 혼자서 식사를 준비하는 것도 어려웠습니다. 끼니는 때우는 정도였지요. 그나마 투병중이니 잘 먹어야겠다는 생각에 참치캔이라도 하나 놓고 먹었다고 했습니다.

형과 동생이 간 곳으로 왜 자기도 데려가지 않는지, 시간이 원망스러웠다고 했습니다. 그러던 중에 그는 아들의 연락을 받았습니다. 조금은 낯설지만 그는 아들이 걱정도 해주고 전화로 안부도 묻는 것이 기특하고 고마웠습니다.

초점이 잘 맞지 않는 시력 때문에 장루를 교체하면서 문제가 발생했습니다. 극심한 복부 통증으로 119에 직접 전화해서 도움을 요청했습니다.

구급차에 실리던 그때, 아들에게 전화가 걸려왔습니다. 통증으로 몸부림치다가 받은 아들의 전화에 갑자기 화가 밀려왔다고 했습니다. "아들이라면서 내가 이렇게 아플 때 넌 뭐 했니? 필요할 때 없을 거면 앞으로 연락도 하지 마. 나쁜 자식아!"라고 큰소리를 질렀습니다.

아들은 아무 말 없이 전화를 끊었고, 이후 관계는 소원해졌습니다. 아들은 수신차단을 해놓았는지 그의 전화를 받지 않는다고 했습니다. 마지막으로 사과는 하고 죽고 싶은데, 연락이 닿지 않는다고 했습니다.

그는 취약계층이면서 혼자 지내오던 재가암 환자여서 지역사회 여러 곳에서 지원을 받고 있었습니다. 그 중 한 교회에서 호스피스 환자를 위한 봉사활동 중이던 장로님 두 분이 환자가 병원에 입·퇴원할 때나 항암치료 중에 늘 집에서부터 병원까지 동행했습니다.

독거환자는 임종 후 장례식장으로 모시고 가는 부분이 문제가 됩니다. 직계가족의 이행포기가 있어야 제3자가 도움을 줄 수 있지요. 우리는 주민센터, 보건소, 경찰서의 도움을 받아 간신히 아들과 전화할 수 있었습니다.

아들은 임종 전에는 아버지와 만나고 싶지 않다는 의사를 밝혔습니다. 그러나 장례식장으로 모시고 가는 마지막 여정은 동행하겠다며, 임종 후에 연락을 달라고 했습니다. 그리고 이전에 연락처를 주고받던 장로님에게 아들이 직접 전화로 도움을 요청하겠다고 했습니다. 그렇게 홀로 남은 환자는 임종 전까지 아들을 만나지 못했습니다.

20대 아들이 홀로 장례를 치르는 것이 쉬운 일은 아니라며, 장로님 두 분이 장례 절차에 동행했습니다. 장례를 마친 후 병원을 다시 방문한 아들은 돌아가신 아버지에게 미움 외의 다른 감정은 없다고 생각했는데, 생각보다 마음이 많이 힘들다고 했습니다. 그러나 친아버지보다 더 따뜻하게 대해주시고 어려운 상황에서 함께한 장로님들 덕에 남겨진 시간이 고통스럽지만은 않을 것 같다고 했습니다.

호스피스 병동의 환자들에게는 임종 전까지의 시간이 있습니다. 그 시간 동안 어떤 마무리의 모습을 갖느냐에 따라, 남겨진 시간을 살아가야 하는 사별가족들에게 많은 영향을 미칩니다.

비단 호스피스 병동에 입원한 말기 환자의 경우만은 아닌 것 같습니다. 누구나 한정된 시간을 사는 동안, 주어진 시간을 어떻게 어떤 자세로 살아야 하는지가 중요합니다. 나는 오늘도 그러한 교훈을 호스피스 병동에 입원한 말기 환자와 가족에게 배우고 있습니다.

상실,
또 다른 이름의 치유

무뇌아를 임신한 젊은 부부가 호스피스 기관을 찾아왔습니다. 결혼 후 첫 임신인데 태아 검사를 받던 중에 '무뇌아'라는 진단을 받았다고 했습니다. 주위에서는 낙태도 하나의 선택이 될 수 있다고 했지만, 부부는 절대로 그럴 수 없다고 했습니다.

임신을 기뻐하고 축하하던 양가 부모님에게 이 사실을 알렸을 때, 아직 나이도 젊으니 이번에는 포기하라는 강요 아닌 강요를 받았다고 했습니다. 하물며 우리 집안에서는 있을 수 없는 일이라는 말도 들었다고 했습니다.

어느 누구에게도 쉽게 꺼내 놓을 수 없는 슬픔과 상실감을 안고 길을 가던 중 '호스피스'라는 팻말을 보았다고 합니다. 그러고는 무작정 들어왔다고 했습니다. 젊은 부부는 눈물을 흘리면서 "우리의 첫아이를 이렇게 보내고 싶지 않아요"라고 말했습니다. 그들은 분명히 존재하고 있는 아이를 부정하고 포기하라고 말하는 이들에게 상처를 받았다고 했습니다.

호스피스 완화의료에서의 사별 돌봄은 임종 이후부터가 아닙니다. 호스피스 서비스가 시작되는 시점부터입니다. 더이상의 적극적인 치료가 무의미하다는 진실을 통보받는 순간에 환자와 가족들은 이미 '예고된 상실의 슬픔'을 경험하기 때문입니다.

호스피스 다학제팀은 젊은 부부와 함께 태어날 아기를 위한 스크랩북을 만들기로 했습니다. 임신 소식을 처음 접했을 당시의 남편과 아내의 기분 그리고 반응은 어떠했는지, 태명의 뜻은 무엇인지, 산모일기에 제일 먼저 기록한 내용은 무엇이었는지 등 임신 기간의 경험을 짧은 글과 그림으로 채워갔습니다. 초음파 사진도 액자처럼 꾸미고, 아들이라면 어떤 이름으로 지으려고 했는지, 딸이라면 어떤 이름으로 지으려 했는지도 작성해보았습니다. 가계도를 그려 넣고 양가 부모님의 이름도 기록해보았습니다.

부부는 작업을 하면서 아기에 대한 서로의 생각을 나누고 함께 울었습니다. 작업을 돕던 우리도 울었습니다. 무뇌아의 경우 생존 시간이 출산 후 보통 48시간에서 72시간 정도입니다. 우리는 이 세상을 짧게 살다 갈 아기를 위한 이야기로 스크랩북을 가득 채웠습니다.

예비 엄마, 예비 아빠는 그동안 미뤄두었던 상실의 아픔을 한 페이지, 한 페이지 정성으로 채워갔습니다. 부부는 스크랩북을 다 만들고는 눈물진 얼굴이었지만, 함박웃음을 짓고 돌아갔습니다. 얼마의 시간이 흐른 후, 세상에 나온 아기와 짧지만 의미 있는 이별을 할 수 있었다는 소식을 들었습니다.

이 세상에 짧게나마 존재했다는 것을 인정받는 것과 존재 자체를 부정당하는 것은 큰 차이가 있습니다. 말기 진단을 받은 환자가 호소하는 다양한 고통 속에는 암성통증에 대한 아픔만 있는 것은 아닙니다. 더이상의 적극적인 치료가 무의미하다는 말을 그대로 받아들이는 것은 무척이나 어려운 일입니다. 죽음 앞에서의 모든 상황을 '수용'하는 것은 불가능에 가까운 일이기 때문입니다.

배우자를 오랫동안 간병하며 임종까지의 전 과정을 지켜보았던 환자가 있었습니다. 80대 고령의 환자는 아내가 임종한 후 자신도 암 진단을 받았습니다. 옆에서 배우자의 투병을 지켜보았기에, 통증이 시작되면 항암치료보다는 호스피스 돌봄을 받겠다는 선택을 했습니다.

그는 호스피스 병동에 입원하기 전에 주변을 정리했습니다. 그리고 자녀들에게 자신이 원하는 삶을 알린 후 병원을 찾았습니다. 환자는 아픈 아내를 위해 경치가 좋은 곳, 몸에 좋은 음식이 있는 곳 등 전국 곳곳을 다녔습니다. 그리고 그 기록을 블로그에 올리고 관리하기도 했습니다. 고령임에도 자녀들의 도움 없이 인터넷도 능숙하게 사용하는 분이었으니까요.

자녀들은 아버지가 호스피스 돌봄을 선택한 것에 대해 아무런 반대를 할 수 없었습니다. "내가 입원할 병원인데 당연히 내가 알아보고 해야지. 왜 아이들을 시키느냐"라며 마지막까지 스스로가 주인인 삶을 살고 싶어했습니다.

환자는 병상에서도 셋째 며느리에게 '결혼기념일' 축하 꽃바구니를 주문하고, 함께 식사할 식당도 예약했습니다. 인터넷을 이용해서 필요한 정보를 쉽게 찾고, 이를 적절히 활용하는 멋진 노신사였지요. 마지막까지 생의 주인으로, 스스로 결정하고 준비하는 모습에서 자녀들은 물론 주위 사람들에게 좋은 귀감이 되었습니다. 그렇게 마지막까지 본인의 존재를 확실하게 인식시키는 것에 많은 의미를 두었습니다.

시간이 지나 자가호흡이 더 힘들어지고 산소통 없이는 병실 밖으로 나가는 것조차 어려워졌습니다. 점차 화장실도 혼자 갈 수 없었습니다. 그러나 임종 몇 분 전, 자손들 하나하나와 눈을 맞추고 "만세"를 부른 뒤 돌아가셨습니다. 그렇게 마지막까지 본인이 선택한 방법으로 임종을 맞이했습니다.

말기 환자에게는 죽음 이후에 '잊혀진 존재가 되지 않을까' 하는 두려움이 있습니다. 나는 호스피스 완화병동에서 만난 환자의 가족들에게 이런 말을 듣곤 합니다. "저런 사람이 아니었는데 말기 진단을 받고 환자가 변했어요." "같은 사람이라는 것이 믿기지가 않아요."

늘 여유롭고 긍정적이었는데, 병에 걸린 후 신경질적이고 이기적으로 변한 모습에 당황스럽다고 했습니다. 늘 다정하고 대범한 사람이었는데, 타인을 경계하고 작은 일에도 예민하게 반응해서 너무 힘들다고 말이지요. 말기 진단을 받고 성격이 변하고 다른 사람처럼 행동하고 달라졌다는 환자들의 변화는 스스로 조절하고 결정할 수 있는 일들이 점차 줄어드는 '예고된 상실' 앞에서 절정에 이르게 됩니다.

호스피스 완화병동에 입원한 후 통증이 완화되면 환자는 가장 먼저 '식욕'에 대한 희망을 갖습니다. 그리고 다시 먹을 수만 있다면 근력을 회복할 수 있을 것 같다고 생각합니다. 그러나 안타깝게도 그토록 원하는 '먹는 일'이 말기 환자에게는 제일 어려운 일이 됩니다.

환자는 보호자에게 "이것이 먹고 싶다, 저것을 원한다"라고 요구합니다. 보호자는 동분서주하며 음식을 구해옵니다. 그런데 환자는 막상 음식을 먹으려니 어렵습니다. 가족들 역시 환자의 의지에 '완치는 아니더라도 혹시나' 하는 기대를 갖지만, 더 크게 실망하지요. 그리고 죄책감도 느낍니다. 먹고 싶다고 한 '그 순간'에 원하는 것을 마련해주지 못해서는 아닌지, 더 맛난 것을 준비하지 못해서 먹지 못하는 것은 아닌지를 복기하며 가족들은 죄책감의 크기를 키웁니다.

그러나 환자 본인도 잘 알고 있습니다. 실제로는 '먹을 수 없다'는 것을 말입니다. 그럼에도 불구하고 끊임없이 가족과 보호자에게 무언가를 요구하고 부탁하는 이유는 무엇일까요? 이는 아직도 가족에게 '자신이 중요한 사람인가?'를 확인받고자 하는 마음 때문입니다. 점차 화장실도 자기 의지로 걸어서 갈 수 없는 상황에 이르러서도, '할 수 있는 일'보다 '할 수 없는 일'이 늘어난 상황 속에서 '내 말이 아직 존중받고 있을까?' '내가 하는 말이 아직 권위가 있는 것일까?'라며 확인받고 싶은 것이지요.

그런 의미에서 80대 노신사의 결정과 의지는 가족들에게 훌륭한 아버지이자 마지막까지 멋진 삶을 살다 간 시아버지로 기억되지 않을까요? 사별이라는 상실이 아픔이 아닌, 더 좋은 기억으로 애도하고 치유될 수 있도록 해주었다고 생각합니다. 무뇌아를 출산해야 했던 젊은 부부 역시 가족들조차 외면하는 '첫아이'와의 사별을 아픔으로만 기억하지 않기 위해 호스피스에 도움을 요청한 것이라 생각합니다.

모든 이별과 사별은 결코 유쾌하고 즐거운 경험이 될 수 없습니다. 때로는 너무 아픈 사별 상실로 자해나 자살과 같은 극단적인 방법으로 슬픔을 표현하기도 합니다. 그러나 사별 상실의 슬픔이 아프고 고통스럽기만 하다면, 이 세상에 살아남아 있는 사별가족은 아무도 없을 것입니다.

임종 후 건강한 애도의 시간을 충분히 가져야 합니다. 그래야만 남은 가족들은 회복할 수 있고, 고인이 없는 생활에 다시 적응할 수 있습니다. 그렇게 상실이 또 다른 이름의 치유가 되는 것입니다. 호스피스 완화의료에서 노력하고 있는 사별가족 돌봄은 바로 상실이 또 다른 이름의 치유가 되게 하는 것입니다.

현재라는 이름의
선물

내가 제일 처음 만난 호스피스 환자는 40대 초반의 여성 췌장암 환자였습니다. 호스피스 기관이 도심에서 떨어진 곳에 있던 터라 늘 혼자였던 환자였습니다. 가족들이 자주 방문하기 어려워서였지요.

환자는 암성통증이 등과, 허리 부근에 집중되어 있는 편이라 등 마사지 받기를 좋아했습니다. 마사지라고 해봐야 손바닥을 이용해서 등을 살살 쓸어주는 정도였지만, 환자는 그렇게라도 누군가가 만져주면 통증이 가라앉는다고 했습니다.

그날도 등을 문질러주기 위해 병실을 찾았습니다. 환자는 2인실을 사용하고 있었는데, 옆 병상이 비어서 홀로 TV를 시청하고 있었습니다. 환자는 "오늘따라 돌발성 통증이 자주 나타나서 조금 전에 진통제 주사를 맞았다"고 했습니다.

이에 잠시 후에 다시 오겠다고 말하고 돌아서려는데, 문득 혼자 있는 환자가 안쓰러웠습니다. 그래서 드라마 내용을 묻는 척하며 옆에 자리를 잡고 앉았습니다. "제가 지난번에 저기까지 본 것 같은데, 이게 다음 편인가요?"라고 물었습니다. 그러자 환자는 "아니에요. 이건 회상하는 장면이에요"라며 작은 목소리로 이야기했습니다.

그러던 중 환자는 "등 마사지를 받지 않아도 오늘은 통증이 없네요"라며 웃었습니다. 그리고 누군가와 같이 TV를 시청하는 것이 너무 오랜만이라고 했습니다. 일요일 저녁이면 TV 프로그램을 온 가족이 함께 시청하던, 그때가 자꾸 생각이 난다고 했습니다. 입원한 곳이 도심에서 멀리 떨어져 있다 보니, 가족들은 주말에만 만날 수 있다고 했습니다. 그러나 이마저도 아이들은 학교를 가야 해서 자주 못 본다며 우울한 표정을 지었습니다.

호스피스 완화병동에서는 마지막 생일잔치, 가족사진 촬영, 결혼식, 전시회, 음악회, 각종 소원 들어주기 등 가족이벤트를 진행합니다. 보통 가족이벤트를 설명하면 보호자들의 반응은 한결같습니다. "지금이요? 사람이 아픈데 무슨 생일잔치예요?"라고 말이죠. 그러나 환자와 가족에게 남은 시간의 의미를 설명하면, 대부분은 이해해줍니다.

환자가 미뤄두었던 버킷리스트를 확인해보기도 하고, 가족이 환자에게 전하고 싶은 이야기를 담은 이벤트를 구성하기도 합니다. 가족이벤트를 진행할 때 가장 중요한 것은 '적절한 시기'입니다.

대부분은 가족이벤트 시기를 정할 때 "가족들이 가장 많이 모일 수 있는 이번 주말 오후"라고 이야기합니다. 환자의 상태가 그때까지 버텨줄 수 있는지가 더 중요한데, 다른 사람들의 편리와 시간을 더 중요시하는 것 같아 안타까울 때가 많습니다.

환자 주위의 많은 이들은 아직 마주보고 대화를 나눌 수 있는 환자의 '현재'를 보면서 '설마 당장 무슨 일이 생기겠어?'라고 생각합니다. 그러면서 시간을 허비하고, 이 시간이 지속될 것이라는 막연한 믿음을 가지고 있습니다. 그러나 남은 시간은 많지 않지요.

투병 기간이 길어지고 항암을 하면서 외모가 변하기도 합니다. 이 때문에 가족사진 촬영을 미루었던 환자와 가족이 있었습니다. 암 진단을 받을 당시 초등학생이었던 두 아들은 고등학생이 되었습니다. 가족이벤트로 가족사진을 촬영해볼 것을 권유하니, 장남의 대입 입시가 코앞이라고 합니다. 그러면서 이왕 늦었으니 조금만 더 미루겠다고 하더군요.

그러나 환자의 '현재'가 조금씩 변화하기 시작했습니다. 가족사진 한 장 없이 아내를 보낼 수 없다는 깨달음이 들기 시작한 배우자는 이벤트를 서둘렀습니다. 급하게 사진작가를 섭외했고, 그날 저녁 8시에 촬영을 하기로 했습니다.

가족이 서울로 상경한 지 두 해 만에 아내가 암 진단을 받았습니다. 그랬던 터라, 환자와 가족의 곁에는 늘 아이들 친구의 학부형, 이웃사촌들이 있었지요. 투병 기간 동안 도움을 받아왔던 지인들이 가족사진을 찍을 예정이라는 말에 한걸음에 달려왔습니다. 환자가 입을 예쁜 옷, 화장도구, 항암으로 빠져버린 머리카락을 대신할 가발까지 꼼꼼히 준비물을 챙겨온 지인들은 최선을 다해 환자를 가꿔주었습니다.

환자는 오랜만에 써보는 긴 머리 가발이 가장 마음에 든다고 했습니다. 그러나 암성통증과 발열 때문에 가발을 장시간

착용하는 것은 무리였습니다. 그리고 같은 자세를 오래 유지하는 것조차 어려워서 촬영은 빠르게 진행되었지요. 환자는 남편과 두 아들 그리고 지인들, 친구들과 함께 사진 촬영을 했습니다.

그렇게 촬영된 사진은 다음 날 오후에 작은 앨범으로 제작해서 환자와 가족의 손에 안겨드렸습니다. 그런데 앨범이 제작되는 반나절 동안 환자는 햇살방으로 옮겨져서 지내고 있었습니다. 배우자는 간간이 의식이 돌아올 때마다 환자에게 앨범을 보여주며 "예쁘게 나왔지? 당신 옛날 모습 그대로지?"라고 말을 건넸습니다. 하지만 환자에게서 대답을 들을 수는 없었습니다.

장남의 입시를 2주 앞두고서 환자는 임종했습니다. 배우자는 왜 이벤트를 서두르라고 했는지 이제야 이해하게 되었다고 했습니다. 투병하는 동안 더 위험했던 순간도 있었지만 아이들을 생각하며 이겨낸 아내였기에, 이번에도 그럴 것이라는 기대를 가졌다고 했습니다.

환갑을 두 달 앞둔 다른 환자의 이야기입니다. 대학생 딸은 아버지를 위해 '축 환갑' 배너를 만들고 팥앙금 꽃장식으로 환갑을 기념했습니다. 환자의 아내는 "무슨 생일을 두 달이나 앞당겨서 하냐"고 말하는 다른 가족들을 설득했습니다. 그러고는 어디서도 보지 못했던 멋진 환갑상을 차렸습니다.

중학생 아들이 환자의 와인잔에 따라준 것은 술이 아닌 포도주스였지만, 참석한 가족들과 건배를 나누었습니다. 이벤트를 진행한 40분 남짓한 짧은 시간 동안 환자는 암 환자가 아닌 61세 생일을 맞은 행복한 사람이었습니다.

미루었던 가족사진을 찍고, 마지막 생일잔치를 진행한 일은 매우 성공적인 사례입니다. 대부분의 가족들은 계획까지만 세우고, 실제로는 진행되지 못한 경우가 더 많습니다.

사실 환갑잔치는 오후 6시쯤으로 계획되어 있었습니다. 그러나 당일 오전부터 고열이 나기 시작한 환자의 상태 때문에, 이벤트를 진행할 수 있을지는 알 수 없었습니다. 아내는 손님들의 저녁식사도 주문해놓았는데 취소해야 하는 것은 아닌지, 몇 번이나 완화지원팀 사무실을 찾아가고 간호사실을 오고갔습니다.

손님들이 도착한 이후에도 환자가 휠체어를 타고 잔치가 열릴 '가족실'로 갈 수 있을지가 의문이었습니다. 하루 종일 고열로 해열제와 진통제를 번갈아 맞아야 했던 환자였습니

다. 침상에서 휠체어로 옮겨 앉는 것도 많은 에너지를 필요로
했을 정도이니 걱정이 컸습니다.

가족실 문을 열기 직전이었습니다. 나는 다시 한 번 환자에
게 "너무 힘들면 다시 병실로 돌아가도 돼요"라고 말했습니
다. 그러자 환자는 고개를 끄덕이며 "잠깐 인사만이라도 하고
가겠습니다"라고 했습니다. 환자는 이벤트가 진행되는 40여
분간 고열을 앓던 모습과 사뭇 달랐습니다. 진정으로 환갑잔
치를 즐기는 행복한 모습이었습니다. '현재'라는 '선물'을 만
끽하는 모습이었지요.

나의 첫 호스피스 환자는 TV를 함께 시청하며 멀리 있는
가족보다 '지금'을 공유하는 소중함을 가르쳐주었습니다. 등
을 쓸어주는 마사지를 해드린 것도 아니고, 그저 침상 옆에
서 환자가 들려주는 드라마 내용에 맞장구를 치며 시간을 공
유한 것밖에는 없었지만 호스피스 현장에서 꼭 필요한 '현재,
여기, 지금'의 소중함을 배웠습니다.

지방에서 가족이 상경한 이후 암 진단을 받은 아내를 대신
해서 두 아들과 배우자 곁에는 이웃사촌들이 있었습니다. 건
축 관련 일을 하던 남편은 주로 현장근무를 많이 하는 편이

라, 아내가 항암치료를 시작하기 전에는 살림이나 육아를 적극적으로 하지는 않았습니다. 가까이에 도움을 받을 친인척도 없는 외지에서 긴 투병 기간 동안 지인들의 도움이 없었다면, 아내는 훨씬 이전에 임종을 맞이했을지도 모른다고 했습니다. 현재를 함께한 이들이 있어서 사별 상실의 슬픔도, 고인에 대한 기억도 덜 아플 것 같다고 했습니다.

호스피스 완화의료 현장에서의 '현재'는 일분일초가 소중하고 귀합니다. 말기 진단을 받고 호스피스 병동에 입원을 한 상황임에도 불구하고, 임종의 순간에 가족들은 말합니다. "오늘 가실 줄 몰랐어요. 아직 시간이 남아 있다고 생각했어요. 어떻게 이렇게 가실 수가 있을까요?"라고 말입니다.

한 달만 더, 한 주만 더, 하루만 더…. 그렇게 살고 싶어하는 마음과 더 잡고 싶어하는 마음이 공존하는 호스피스 병동의 '현재present'는 또 다른 이름의 '선물present'입니다.

모녀
이야기

'엄마와 딸'의 관계는 그 어떤 관계보다도 애틋합니다. 다양한 가족관계 중 '모녀'의 이야기를 하려고 합니다.

늘 새로운 사별상실과 애도돌봄 프로그램을 개발하는 머다나대학교 호스피스교육학과 재키 갯리프Jackie Gatliff 교수는 '모녀Mother& Daughter'라는 단어가 가슴에 와닿아 사별프로그램을 구상하게 되었다고 합니다. 다양한 사별 상실을 위로할 줄 아는 특별한 능력을 가진 분이지요. 그녀는 미국의 어버이날 중 하나인 '어머니의 날Mother's Day'에 어머니를 사별한 딸들을 위한 사별모임 '거울 속 추억Memory in the Mirror'을 만들었습니다.

'거울 속 추억'이라는 이름으로 정하게 된 것은 어느 날 아침에 느낀 경험 때문이었습니다. 세면대 앞에 서서 거울 속 자신을 바라보던 그녀는 '어머니'의 모습이 자신의 얼굴 안에 있다고 느꼈습니다. 다른 자매들과는 달리 자신은 어머니를 닮지 않았다고 생각했는데 말입니다.

그런 자신의 얼굴 속에서 어머니를 발견했다고 했습니다. 어머니의 날을 함께 기념하지 못하는 '어머니를 잃은 딸'들의 상실감을 위로하기 위한 프로그램은 신청자가 폭주했습니다. 준비하던 이들마저 당황시켰습니다.

그리고 많은 이들이 어머니를 잃고 살아간다는 사실에 많이 놀랐습니다. 어머니를 상실한 딸들은 '엄마'에 대한 이야기를 하고 싶어했습니다. 아주 오래도록 많은 이야기를 나누고 싶어했고, 한정된 시간에 안타까워했습니다.

세 살 딸아이를 둔 30대 암 환자는 말기 진단을 받고 많이 울었다고 했습니다. 그녀는 어린 딸과 더 많은 시간을 보내고 싶어서 입원을 미루었습니다. 그러나 점점 더 통증이 강해지고, 아파하는 모습을 딸이 보면 무서워할까봐 입원을 했습니다. 그녀의 남편은 다행히 시간활용이 자유로운 직종이어서 환자를 만나러 자주 방문했습니다. 그는 직장에서 많은 배려를 받고 있어서 다행이지만, 그래도 직장생활은 어렵다며 멋쩍게 웃기도 했습니다.

아직도 신혼부부로 보일 만큼 두 사람은 앳된 모습의 예쁜 부부였습니다. 입원 전에는 친정어머니의 도움을 받아 육아를 병행할 수 있었는데, 입원 후에는 시어머니가 아이를 돌보며 엄마의 빈자리를 대신했습니다.

부부는 고민이 있었습니다. 엄마가 떠난 후 아이가 '엄마를 기억하지 못하면 어떻게 하나'라는 것이었지요. 아이가 너무 어리니까요. 그래서 편지나 글을 남기는 방법도 생각해보고, 영상을 찍는 방법도 고려해보았습니다. 그렇지만 기력이 많이 쇠하고, 항암 후유증 때문에 변한 외모를 남기는 것은 더 두렵다고 했습니다. 아이가 엄마를 기억하고 싶어할 때 무엇이 필요한지 생각해보기로 했습니다.

부부는 아이에 대한 이야기만 나오면 눈을 반짝이며 미소를 지었습니다. 아이와 어떤 시간을 보내는지, 어떤 자세로 아이와 이야기를 나누는지, 아이가 어떤 놀이를 가장 좋아하는지 등 아이에 대해 들려주었습니다.

그러던 중에 커플 잠옷 이야기를 들었습니다. 아이는 엄마가 입원 전에 늘 입었던 분홍색 수면바지 끝을 잡고 잠이 든다고 했습니다. 곰돌이 무늬가 그려진 수면바지를 보는 순간, 곰 인형을 만들어보자는 생각이 들었습니다. 잠옷의 촉감을 좋아하던 아이에게 감각을 통해 엄마를 느낄 수 있도록 해보았습니다.

부부에게 곰 인형을 만들어보는 것이 어떤지 물어보니 매우 긍정적이었습니다. 다학제팀의 도움을 받아 곰 인형 패턴을 구하고, 바느질을 도와줄 자원봉사자를 모집해 제작에 필요한 아이디어를 구했습니다. 엄마의 체취를 더 많이 남기기 위해 수면바지를 세탁하지 않고 제작하기로 했습니다. 곰 인형 몸체 안에 엄마의 목소리를 녹음해 넣는 방법, 손 편지를 짧게 써서 넣는 방법 등 여러 가지 의견이 있었습니다. 그런데 아이가 어리기도 하고, 인형을 세탁할 경우 손상될 가능성이 있어서 이 방법은 배제했습니다.

가족들이 직접 제작에 참여하면 더 의미가 있을 것 같았습니다. 하지만 하루가 다르게 나빠지고 있는 환자의 상태 때문에 다학제팀에서 대신 진행했습니다. 빠른 손놀림으로 자원봉사자와 바느질을 하고 있는 동안, 병동 간호사가 환자용 베개를 들고서 완화지원팀 사무실을 찾았습니다. 엄마의 체취를 더 담기 위해 환자의 베갯솜으로 곰 인형을 채워보자고 했습니다.

그렇게 환자의 잠옷과 베갯솜으로 완성된 곰 인형은 노란 리본을 목에 감고 환자에게로 갔습니다. 부부는 곰 인형을 안고 이내 웃으며 좋아했습니다. 그리고 며칠 뒤 아내는 남편의 손을 잡은 채 떠났습니다. 할머니와 함께 병동을 찾은 아이의 품에는 곰 인형이 안겨 있었습니다.

엄마의 체취가 담뿍 담긴 곰 인형이 엄마가 그리울 때마다 아이를 위로해주기를 바랐습니다. 몇 달 후 사별가족 모임에 참여한 남편은 본인이 딸아이보다 곰 인형을 더 많이 끌어안고 잔다며 눈물을 보였습니다.

또 다른 모녀가 있습니다. 모녀는 노후에 창이 예쁜 카페를 운영하는 것이 꿈이었지요. 그래서 평소에 다양한 모양과 색깔의 그릇들을 수집했습니다. 그러나 30대 초반의 딸은 암으로 엄마보다 앞서 세상을 떠났습니다. 그리고 몇 년 뒤, 어머니 역시 암 진단을 받았고 호스피스 병동에서 세상을 떠났습니다.

임종하기 전에 딸과 함께 수집해오던 모든 그릇들과 소장품을 입원하고 있던 호스피스 기관에 기증했습니다. 호스피스 기금 마련을 위해 사용해달라며 기증한 그릇들과 소장품은 그곳에 그렇게 머물러 있었습니다. 환자가 임종한 후 기관에서 그릇을 정리하려고 했습니다. 그런데 사람들은 죽은 이의 '유품'을 구매하는 것을 좋아하지 않았습니다.

그래서 다른 방법을 생각했습니다. 유품 정리가 아닌 기증품을 정리하는 것으로, 의미를 바꿔보기로 했습니다. 고인이 남긴 계약서는 분명 임종 전에 작성된 것으로, 모든 물건들은 사후가 아닌 임종 전에 호스피스 기관에 기증된 것이었습니다. 그래서 '호스피스 기금 마련을 위한 경매'를 구상하게 되었습니다.

경매는 호스피스 이야기를 소재로 한 연극을 공연하고 있는 대학로의 한 극장 지하 카페에 마련했습니다. 커피 향 속에서 소장품들이 새로운 주인을 찾아갈 수 있도록 장소를 카페로 정했습니다.

경매 소식을 들은 다른 사별가족들은 동참하겠다는 의사를 보내왔습니다. 사별가족들은 색소폰 연주, 중창단, 악기 공연 등의 형태로 방문객들을 위해 무대에서 연주해주었습니다. 연극 공연을 찾은 일반인들도 경매장을 둘러보고는 물건을 구입했습니다. 경매장을 방문한 고인의 배우자와 가족들은 고인이 요청한 대로 기증이 진행되고 있는 모습에 반가워했습니다. 그리고 눈물을 보였습니다. 경매 무대에서 들려주던 음악에 위안을 받았다고 했습니다.

사별가족이 사별가족을 위로하는 작은 콘서트는 경매가 진행되는 동안 물건에 담긴 사연과 기금모금의 취지를 더욱 의미 있게 해주었습니다. 딸과 아내를 보낸 이후 사별상실에 잠긴 배우자는 아들 내외, 손자와 함께 경매 장소에 와서 많은 생각이 들었다고 했습니다. 떠난 이들이 바라던 모습을 이렇게나마 실현된 것에 고마움을 느낀다고 말이지요.

어머니와 딸의 관계는 서로의 모습 속에서 자신을 확인하는 관계라 생각합니다. 그래서 사별 상실의 의미가 각별하다는 생각이 듭니다.

호스피스 병동에서 만나는 다양한 모녀의 이별은 저마다의 이야기를 담고 있습니다. 그 이야기를 글로 전부 옮길 수는 없지만, 그들이 들려주는 이야기의 정직한 증인이 되고자 합니다. 그리고 그들의 눈물에 동행하고자 오늘도 노력중입니다.

당신이 죽음으로 사라진다고 해도, 당신이 했던 이야기와 표현들은
내게 머물러 삶에 큰 영향을 줍니다. 사라짐이 아니라 기억된다는 것
을 생각해주세요. 다시 떠올리며 가끔은 미소 지을 수 있도록 해주세
요. 존재함의 가치는 각자의 몫이지만, 그리움과 슬픔을 간직하며 살
아가는 것도 각자의 몫인 것 같습니다.

봄날의

위로

양아름

봄날의

위로

나는 많은 환자와 만나고 이별하는 직업을 가지고 있습니다.
여기서 '이별'을 한다는 것은 다시 만날 가능성이 있는 이별
이 아니라, 누군가의 죽음이라는 삶의 순간과 함께하고 난 뒤
에 맞이하는 '영원한 헤어짐'을 의미합니다.

　나는 호스피스 병동에서 10년이라는 시간을 보냈습니다.
그사이에 꽤 많은 환자들과 가족들을 만났고, 헤어짐을 경험
했지요. 죽음은 마치 삶 같았습니다. 각자의 삶이 다르듯이
죽음의 순간을 맞이하는 그 모습도 달랐습니다. 죽음을 맞이
하는 과정 속에서 볼 수 있는 신체적 증상은 비슷하지만, 죽
음을 맞이하는 모습은 환자와 가족마다 달랐습니다.

내가 알게 된 것이 있습니다. 내가 만나는 환자와 가족은 항상 '삶의 겨울'을 맞이하고 나서야 호스피스 병동에 찾아온다는 것이었습니다.

아픈 환자들 그리고 가족들. 움츠리고 여유 없는 마음이, 충분히 시리고 아픈 몸과 마음의 통증이 삶의 힘듦 속에 있는 것처럼, 겨울의 차디찬 바람과 칼날 같은 바람에 더 아프고 시려하는 것처럼 보였습니다. 훌륭한 삶도 있었지만, 미안함과 초라함과 힘듦으로 가득찬 삶도 있었습니다.

4년 전 여름이었습니다. 60대 초반의 한 남성 환자가 입원했습니다. 그는 20대 초반에 한 여자를 만나 결혼을 했습니다. 그러다가 아내와 헤어졌고, 삶이 너무 벅차고 힘들어서 6세 딸아이를 친척집에 보냈습니다. 그러고는 여기저기 떠돌이 생활을 하다가 노숙자가 되었다고 했습니다.

6세 때 헤어진 딸과의 왕래는 없었습니다. 환자는 딸이 그리웠고 보고 싶었지만, 성인이 된 딸은 더이상 아빠를 만나고 싶어하지 않았습니다.

암 진단을 받고 한 시설에 머물고 있었던 60대 환자는 지역 사회 기관에 도움을 받아 병원으로 입원하게 되었습니다. 그렇게 그와 우리들은 만나게 되었습니다.

60대의 환자는 여름에도 항상 추워했습니다. 항상 자신이 겨울에 있는 것처럼 표현했습니다. 그리고 항상 화가 나 있었습니다. 직원들에게, 자신에게 도움을 주는 사람들에게 그리고 자기 자신에게도 말이죠. 그의 삶이 힘들었던 만큼, 지친 삶과 세상과 자신에게 몹시 화가 나 있었습니다.

다행히 환자의 통증이 조절되면서 그는 깊은 잠을 잘 수 있었습니다. 그리고 깨끗한 환경에서 규칙적으로 자신을 찾는 자원봉사자들을 만나면서 조금씩 변하기 시작했습니다. 산책을 시작하고, 함께 이야기를 나누는 시간도 많아졌습니다. 그러면서 조금씩 그의 삶을 들을 수 있었습니다.

딸아이를 친척집에 맡긴 상황, 배운 것이 없어서 직업을 구하기가 너무나 힘들었던 경험, 나이트 웨이터나 공사장, 공장에서 험한 일은 안 해본 것 없이 다 해본 것 같다고 이야기했습니다. 힘들고 지쳤던 삶이었습니다.

자신이 버린 딸아이를 죽기 전에 꼭 한 번 만나고 싶다는 이야기도 했습니다. 그리고 사실은 아이를 찾아오고 싶었지만 하는 일마다 실패를 해서 돈을 모을 수가 없었다는 이야기, 나름 잘 살아보려고 노력했지만 결국 엉망인 것 같아 너무 화가 난다는 이야기도 했습니다.

그는 지난 60년 삶이 지옥 같았지만, 이곳에서의 2주는 천국 같았다고 표현했습니다.

"나만 이런 줄 알았어요! 내 삶만 이렇게 어둡고 창피한 줄 알았어요. 신이 나에게만 이런 고단한 삶을 주는 줄 알았는데…. 나도 이렇게 사랑받고 관심을 받을 수 있다는 사실이 놀라워요. 이곳이 제게는 천국 같아요. 저는 지금 천국에서 시간을 보내고 있는 것 같아요. 이제는 저를 조금은 용서하고 이해해주고 싶어요. 이곳은 따뜻해요. 천국에 있는 것 같아서 내 삶이 나쁘지만은 않은 것 같아요. 간호사 선생님, 60년은 지옥 같았는데 2주는 천국 같아요. 지금이 천국 같으니까 '이렇게 행복해도 될까?'라는 생각도 들어요. 지난 힘든 삶이 조금은 작게 느껴지는 것 같아요."

이렇게 자신은 이곳에서 봄을 느끼게 되었다고 말하며, 잠을 자듯 평안한 죽음을 맞이했습니다.

나는 가끔 죽음의 순간을 맞이하기 위해 호스피스 병동을 찾아오는 분들을 통해 볼 수 있었습니다. 그들은 겨울에서 다시 봄을 맞이하고 있었습니다. 다시 시작하는 봄 같았습니다.

비록 그 순간이 죽음을 맞이하기 위한 과정이지만, 분명 다시 시작하는 봄 같았습니다.

우리들은 죽음을 맞이하기 위해 만났지만, 그 환자는 겨울 같은 삶 속에서 다시 봄을 만났다고 표현했습니다. 죽음을 예상하고 있었지만, 우리를 통해 느꼈던 계절은 봄이라고 했지요. 다행이었습니다. 봄날 같은 위로를 준 것이니까요.

김춘수 시인의 시 〈샤갈의 마을에 내리는 눈〉에서는 삼월에도 눈이 내린다고 했습니다. 살며시 눈을 감고 삼월에 내리는 눈을 연상해보았습니다. 벚꽃처럼 여리고 부드러운 꽃잎과 향긋한 냄새를 가지고 있을 것 같습니다. 그래서 삼월에 내리는 눈이 내가 있는 호스피스 완화병동에 항상 내리기를 잠시 기도해보았습니다.

삼월에 내리는 꽃눈이 항상 겨울 속에 머물러 있는 나의 환자와 가족들에게 내려지기를 바랍니다. 삼월의 눈이 환자들의 머리맡과 침대 밑에, 환자와 가족들이 걸음을 내딛는 모든 곁에 내려지기를 바라봅니다. 봄날의 따뜻한 바람처럼 위로가 되어지기를 바라봅니다.

노을을 품은 하늘이
아름답다

한 사람의 삶에는 품격과 무게가 있습니다. 가벼움과 무거움에 대한 평가는 그 삶을 짊어지는 각자의 판단에서 시작되는 것 같습니다.

해지는 노을. 붉은빛으로 물든 하늘과 세상이 아침에 뜨는 하늘보다 더 따뜻하게 느껴지는 것은 왜일까요. 아마도 하루를 정리하고 휴식을 맞이할 수 있음을 알기 때문인 것 같습니다. 아무도 이해하지 못한 고단한 하루를 붉게 물들어가는 하늘만이 이해해주는 것 같습니다. 노을 때문에 마음이 따뜻해지기도 하고, 괜스레 눈시울이 붉어지기도 합니다.

어쩌면 내 삶은 위로와 지지가 가장 필요했을지도 모릅니다. 내 삶을 내가 인정할 때 가장 빛이 나는 것 같아서, 해 지는 노을을 품은 하늘을 보면 나를 보는 것 같았습니다. 저물어가는 사람들의 삶을 보는 것 같았습니다.

노을을 품은 하늘의 깊이와 그 품위는 사람을 닮았습니다. 내가 만난 사람들은 각자의 아름다운 삶 속에 있었습니다. 매일의 하늘이지만 매일의 다른 하늘이기도 했습니다. 그래서 노을을 품은 하늘이 더 아름답게 느껴졌습니다.

노을을 품은 하늘이 편안함과 함께 쉼을 주는 것처럼 느껴지기도 했습니다. 지는 해의 아쉬움과 잠을 청할 수 있는 밤에 휴식의 시간처럼 말이지요. 죽음도 가끔은 열심히 살아온 사람들에게는 휴식처럼 다가온다는 사실을 알고 나서부터인 것 같습니다.

나는 고단함의 끝자락에 있는 사람들을 만났습니다. 암 투병이 힘들었던 것이 아니었습니다. 부모이기에 힘들었습니다. 그들은 부모이기에 힘듦을 짊어지고 이겨내야 했던 삶을 살아가는 사람들이었습니다.

분명 내가 병실에서 만난 사람들은 감당하기 힘든 벅찬 삶이었지만, 자녀를 바라보며 버텨왔습니다. 실로 대단해 보였습니다. 한 사람의 삶이 무척이나 커 보였습니다. 그리고 위대해 보였습니다.

내가 호스피스 현장에서 만난 누군가의 아버지, 어머니는 "세상을 살아온 것이 아니라 그저 세상을 견뎌왔다"라고 표현했습니다. 그리고 죽음이 다가오는 순간이 되자 "이제 쉴 수 있다"고 했습니다.

가족마다 숨겨진 이야기는 자신이 가장 아픈 순간에 마치 비밀 일기처럼 내게 전해졌습니다. 그 비밀은 삶의 무게로 자리잡혀 있었습니다. 가족 누군가의 자살, 가족의 학대, 사업 실패, 이혼, 혼외자식, 바람. 그들은 조심스럽게 이야기를 하며 나의 눈과 표정을 살폈습니다. 그러고는 잠시 부끄러워했습니다. 자신의 잘못이 아닌데도 당신의 죄인 것처럼 살아온 것 같았습니다.

내가 만난 환자들은 내게 그들의 삶을 알려주고 이야기해주었습니다. 남편의 잦은 바람 때문에 이혼을 하고 어린 자녀를 힘겹게 키워낸 중년여성, 자살한 아내를 대신해서 자녀를 잘 키우려고 열심히 살아왔다는 중년남성, 고된 시집살이 속에서 남편의 무시와 죽음을 경험하고 평생 글조차 모르고 살았음을 조심스럽게 고백하던 노년의 여성, 특별한 삶을 선물받아 자신이 살아왔던 삶에 만족한다며 다가오는 죽음도 겸허히 받아들일 수 있을 것 같다고 한 노년의 남성이 그렇습니다.

그들은 각자에게 주어진 삶 속에서 때로는 힘든 삶의 무게를 홀로 감내하며 무척 힘들었다고 했습니다. 죽음을 앞두고 가족과 지내면서 즐거움도 있었고, 그래도 다가오는 죽음을 무섭고 두렵게 느껴지는 것이 아닌 휴식을 맞이하는 것으로 표현했습니다.

그리고 죽음이 다가올 때 자신을 그렇게 힘들게 만들었던 삶의 짐 때문에 자신이 행복했다는 사실도 알게 되었다고 표현했습니다. 죽음으로 자신에게 주어진 임무가 끝나고 쉴 수 있을 것 같다고 했습니다.

"이제는 쉬고 싶어요. 너무나 고단했던 것 같습니다. 이제는 그만하고 쉬고 싶다는 생각을 하니, 죽음이 무섭지 않아요. 죽음으로 제가 쉴 수 있을 것 같아요."

"아, 행복하다!"

"삶이 주는 무게와 짐들을 내려놓으니 '그것이 행복이구나'라고 느껴져요. 그냥 느껴지는 것 같아요. 노력한다고 느껴지는 감정이 아니라 불쑥 튀어 올라요. 이렇게 행복하다고 느낄 수 없어요. 요즘 참 행복한 것 같아요."

"내게 주어진 일들에 최선을 다하고 살았어요. 이렇게 살아온 삶에 만족하기에 편안하게 죽음을 맞이할 수 있을 것 같아요."

내가 병실에서 만난 사람들은 직업도 나이도 상관이 없었습니다. 저물어가는 해처럼 느껴졌습니다. 각자의 하늘을 내게 알려주고 들려주었습니다. 그들의 삶을 정리하고 내게 각자의 노을이 물든 하늘을 이야기했습니다. 그리고 편안하고 미소 가득한 얼굴을 보여주었습니다.

'삶'이라는 단어에는 내가 생각한 것 이상의 깊이와 의미가 있다는 사실을 알게 되었습니다. '죽음은 내게 주어지는 영원한 휴식'이라고 표현하며 보여준, 노을을 품은 하늘은 따뜻하고 항상 아름다웠습니다. 그 하늘에는 가늠할 수 없는 깊이의 삶이 함께 깃들었기에 그런 것 같습니다.

그대에게 쓰는

편지

한 사람이 떠난 뒤에 남겨진 가족들에게 나는 일기장이고, 나는 사진첩이며, 나는 추억으로 머물게 됩니다. 기억이 옅어져 가듯이 나 역시 빛바래집니다. 사진처럼, 추억처럼, 먼저 떠난 사람들과 함께 남겨질 가족들에게 나 역시도 기억되기를 원하고 있는지도 모르겠습니다.

　젊은 사람에게도 죽음은 찾아옵니다. 죽음에는 배려가 없으니까요. 8년 전 겨울, 나는 39세의 폐암 말기 환자를 만났습니다. 초등학생 딸과 아들을 두었고, 예쁜 아내를 사랑하는 환자였습니다. 겨울에 입원했던 그는 유난히 돌아오는 봄을 맞이하고 싶어했습니다.

어느 날 그에게도 죽음을 예상하는 순간이 다가왔습니다. 그러고는 그는 나와 이야기를 하고 싶어했습니다. 나는 마치 그의 마지막 여행지에서 함께 걷는 여행자가 되어 있었지요. 우리는 낯선 여행지에서 자신의 이야기를 조금은 더 쉽게 하는 것처럼, 그는 살고 싶은 마음을 내게 이야기했습니다. 앞으로 나를 만나지 않을 것 같기에 자신의 힘겨움도, 고민도, 부끄러움도 더 자유롭게 이야기를 할 수 있었는지도 모르겠습니다.

나에게 들려주었던 그의 이야기들은 다시 나에게서 흘러나와서 단어와 문장이 되었습니다. 그리고 그 문장은 온도가 있는 편지가 되어 아내에게 전해졌습니다. 그가 남겨둔 마음으로 나는 또 다른 위로를 하고 있었고, 아내에게는 추억이 되었습니다.

"남편께서 돌아가시기 전에 제게 해주셨던 말씀을 해야 할 것 같아요." 그의 평온한 죽음 뒤에 그의 편지는 아내에게 전해졌습니다. 그리고 그 편지를 이곳에 적어봅니다.

••

사랑하는 그대에게

여보! 나는 지금 내 옆에서 내 손을 잡고 잠든 당신 얼굴을 보고
있어. 다시 밤이 돌아왔고, 나는 혼자 깨어 있어. 당신이 잠들고
나서도 난… 꽤 오래 생각을 하고 있어. 아직도 내 눈에는 잠을
자는 당신이 참 사랑스러운데…. 당신은 지치고 힘들겠지만, 그
힘들고 지치는 것이 염려되고 걱정이 되어도 이기적인 나는 이렇
게라도 계속 당신 곁에 있고 싶어.

지난주부터 밤에 잠을 자지 못하는 날이면, 나는 우주를 생각하
게 되는 것 같아. 블랙홀을 떠올려보기도 하고, 알지 못하는 우주
를 생각해. 그러다 보면 '내가 죽음 때문에 이렇게 우주를 생각하
고 있다'라는 사실을 알게 되는 것 같아.

그리고 죽음이 나에게 다가오고 있다는 예감이 자꾸 들어. 우주
는 내가 알 수 없는 곳이기에, 경험해본 적 없는 곳이기에 그 생
각을 하다 보면 나에게 이제 시간이 얼마 남지 않았다는 생각이
들어. 그래서 속상하고, 조금씩 불안해지고 두려워지는 것 같아.

당신에게 이런 모습을 보이고 싶지 않은데…. 나에게 다가오는
죽음에 대한 예감은 어쩔 수 없는 것 같아. '죽음이 다가오는 것
같다'라는 생각이 나를 초조하게 만드는 것 같아. 당신과 함께할

수 있는 시간이 얼마 남지 않았다는 생각이 나를 너무 아프게 해. 이건 고통처럼 느껴져. 아니 고통이야…. 내가 떠나야 한다는 것을 내가 알아간다는 것이 말이지.

가끔은 이런 생각과 느낌이 너무 싫고 무서워서 병실이 싫어져. 병원이 그저 싫어서 당신에게 자꾸 병실 밖으로 나가자고, 아이처럼 짜증내기도 하고 보채는 것 같아. 지친 당신을 더 힘들게 하는 것 같아, 미안해.

여보, 사실 나는 죽는 것이 무서운 게 아니야. 내가 죽어서 당신과 헤어지는 것이 너무 무서워. 당신 옆에서 하루라도 더 살고 싶은데…. 아직도 내 손을 잡고 자고 있는 당신을 보면, 나는 미칠 듯이 살고 싶다는 생각을 해.

내가 매일 밤 헤어지는 것을 생각하고, 내가 사라진 공간을 떠올리면 미칠 듯이 마음이 아파. 내가 이렇게 아픈데 당신은 얼마나 아플까?

아픈 남편이어서 미안해. 이렇게 먼저 떠나가야 해서 미안해. 아이들에게 미안하지만 당신과의 시간이 무척이나 소중해서 아이들이 병원에 오는 것도 싫다고 하는, 조금은 이기적인 내 모습을 언젠가는 당신도 이해해주기를 바라.

그래도 바보처럼 나는 봄을 함께 맞이하고 싶은 희망을 마음에 담고, 믿지 않았던 하느님을 찾아서 소원을 빌어보고 있어.

당신은 알까? 내년 5월에 우리 아이들과 함께 공원에 산책을 가고 싶은 나의 간절함을…. 그때까지라도 당신 곁에 있고 싶은 내 마음을, 봄을 다시 맞이하고 싶은 나의 간절한 욕심을 말이야.

오늘은 당신과 아이들에게 마지막 이별 선물을 하기 위해 인터넷으로 선물을 주문했어. 내가 죽은 뒤에 받게 될 선물을 준비했어. 이렇게 마지막 선물을 준비하고 있는 내 모습이 아직도 현실처럼 느껴지지 않아. 마음이 찢어지게 아픈 고통은 어쩔 수 없는 것 같아.

'나를 기억했으면…. 아주 오래 기억해줬으면' 하는 생각을 하다가도 '너무 오래 기억하지 않았으면' 하는 마음도 생겨. 덜 아팠으면 좋겠고, 조금 시간이 지나면 좋은 사람도 만났으면 좋겠어.

여보, 사랑해. 아주 많이. 죽음이 다가오는 이 순간에도 나는 다시 눈을 떠서 당신 옆에 함께하고 싶은 만큼, 당신을 사랑해!

●●

죽음의 순간은 아픕니다. 동시에 평생 기억에 남습니다. 가장 소중한 사람을 보내는 가족에게는 더욱 그러할 것 같습니다.

하지만 분명 아픈 기억만으로 채워진 시간만은 아니었을 것 같습니다. 함께 보낸 시간과 공간, 사람들 그리고 대화들은 각자의 편지지에 기록되어 전달될 것 같습니다. 때로는 더 깊은 마음을 담아 전달되는 것 같습니다.

죽음에 이르는 순간, 어쩌면 누군가는 세상에서 가장 의미 있는 편지를 남기고 가는지도 모르겠습니다.

••

그대에게 쓰는 편지

답장: 빛바랜 사진

기억은 회상하는 것이 아닙니다. 가슴 안으로 스며드는 것입니다. 계절이 바뀌고, 온도가 달라지고, 코끝을 통해 들어오는 향기가 바뀌고, 감정의 일렁임을 경험하고 나에게 의미 있는 것들이 어느 순간 가슴으로 들어와 마음을 흔드는 것입니다.

가끔은 아프기도 하고 가끔은 웃음 짓게 만들기도 하는 것입니다. 남겨진 사람들에게 기억되어지는 것, 남겨진 사람들은 기억합니다. 향기도, 느낌도, 모습도, 그 안에 잔잔한 슬픔도, 폭풍 같은 슬픔도. 그리고 남아 있는 미안함도….

이런 감정들이 가슴에 살아서 하루하루를 채워갑니다. '세월'이라는 단어를 느끼게 해주며 그리움을 알게 해줍니다. 사랑하는 사람을 잃고, 사랑하는 사람을 떠나보내고, 나만 기억하는 모습 앞에서 서성이고, 사랑하는 사람의 남은 자리에 서성이고, 하루하루를 채워 세월이라는 단어를 깨닫게 되는 것 같습니다.

나는 그 시간, 그 순간에 머물러 있습니다. 그 기억 속에 머물러 있습니다. 남아 있는 사람의 자리에서, 나는 그 기억 속에 머물러 있습니다. 그러니 너무 서운해하지 않기를 바라봅니다.

잊는 것이 아니라 옅어져가며 내 안에 머물러 있습니다. 기억도 온기도, 소소한 삶의 일상도. 그러니 너무 서운해하지 않기를 바라봅니다. 숙명의 이별 앞에 조금은 덜 아파하기를 바랍니다.

●●

따뜻한 눈이
내릴 수 있을까?

사람들은 눈을 좋아합니다. 추운 겨울날 첫눈이 내리면, 사람들은 무척이나 좋아하지요. 눈 내리는 하늘을 향해 손을 뻗어서 금방 녹을 눈을 자신의 손 위에 살며시 올려보기도 합니다. 나는 손 위로 내려앉은 눈에서 기분 좋은 따뜻함을 느끼곤 합니다.

　눈, 겨울 그리고 크리스마스. 나는 그 아이를 만난 그해 크리스마스를 조금 특별하게 기억합니다. 아이의 부모님을 만난 날은 크리스마스가 다가올 쯤이었습니다. 나는 아픈 아내를 둔 아이의 아빠를 통해 그 아이의 이야기를 먼저 들었습니다. 그래서 아이를 만나기도 전에 만난 것 같은 느낌이 들었습니다.

지금쯤 그 아이에게 나는 잊혀지기를 바라는 마음도 있습니다. 아니, 기억하지 못하는 것이 아니라 아주 가끔 희미하게 생각되기를 바라는 마음이 더 맞는 표현이겠지요. 그럼 '그리움으로 덜 힘들 것 같다'는 생각 때문에서요. 엄마를 향한 그리움과 눈물, 가슴에 품은 힘듦의 시간이 줄어들었을 것 같기에, 나는 그 아이의 기억 속에 사라져가는 존재이기를 바라는 마음이 있었습니다.

다시 돌아와서 기억을 더듬어보았습니다. 크리스마스가 다가올 쯤, 30대 여성 환자가 호스피스 병동에 입원했습니다. 고운 얼굴과 선한 느낌을 풍기는 환자였습니다.

그녀 곁에는 담담한 듯, 하지만 눈물을 참고 있던 남편이 지키고 있었지요. 부부를 처음 만난 그날은 병동에 크리스마스 행사를 준비하기 위해 필요한 음식들을 준비하던 날이었습니다.

어지럽혀진 사무실과 다양한 색깔의 음식 재료들이 사뭇 가정집 같았습니다. 유니폼을 벗고 편안한 복장으로 음식을 준비하고 있을 때였습니다. 혈액종양내과를 전공한 병원장님이 한 보호자를 내게 소개시켰습니다. "선생님, 지금 보호자와 면담해주세요!"

나는 완화의료지원팀 사무실에서 그 아이의 아빠를 만났습니다. 정돈되지 않은 사무실에서 짧게나마 인사를 나누고 이야기를 들었습니다. 아내와의 이별을 준비하는 남편의 슬픔이 무척 크게 느껴졌습니다.

그는 대학 때 만난 한 여자와 사랑해서 결혼을 했고, 현재 8세 아이가 있다는 이야기로 대화를 시작했습니다. 아내는 아이가 어릴 때부터 아팠지만, 집에서 나름 행복한 시간을 보냈다고 했습니다. 그리고 지금 호스피스 병원까지 오게 되었다고 했지요.

여느 사무실과 달리 정돈되지 않은 공간 때문이었을까요? 아니면 이곳에서는 잠시 마음을 내려놓아도 된다고 생각해서였을까요?

면담 도중 남편은 사무실을 둘러보며 눈시울을 붉혔습니다. 그러고는 눈물을 흘렸습니다. 그는 그녀의 남편이자, 한 아이의 아빠였습니다. 그리고 사랑하는 사람과 이별을 준비하는 한 남자이지요.

"어, 이상하게 눈물이 나네요. 우리 부부에게 아이가 하나 있어요. '동주'라고 아이가 엄마를 참 좋아해요. 앞으로 제가 아이와 죽음을 어떻게 준비해야 할지를 잘 모르겠어요. 아이가 너무나 걱정되네요. 동주는 이번에도 엄마가 입원하고 다시 퇴원하는 줄로 알아요. 요즘은 가끔 자기 때문에 엄마가 아픈 건 아닌지 물어봐요. 그럴 때마다 제가 어떻게 해야 할지를 잘 모르겠어요."

그는 아이가 엄마의 죽음에 대해 어떻게 준비할지, 어떻게 해야 아이가 덜 상처받을지, 동시에 자신이 아내 옆에서 어떻게 있어야 하는지에 대해 질문했습니다.

동주는 내성적이고 얌전하며 예의가 바른 아이였습니다. 두 살 때부터 아픈 엄마를 지켜주며 수호천사처럼 살아가고 있는 아이였지요. 엄마와 아빠의 사랑 속에서 아이가 바르게 자라나고 있음을 동주를 만나고 나서 알게 되었습니다.

처음 동주를 만난 날, 나는 동주에게 악수를 건넸습니다. 악수를 건넨다는 것이 때로는 힘든 일이라는 것을, 가끔 아이들을 만나면 경험하게 됩니다. 아이의 슬픔, 아이의 힘듦, 아이의 분노는 아이들과의 악수를 통해서 전달되기도 합니다. 그럼에도 동주는 내가 건네는 손을 조심스럽게 잡아주었습니다.

동주가 병원에 방문할 때마다 나와 아이는 이야기하는 시간이 조금씩 길어졌습니다. 가끔은 엄마와 함께 경험했던 재미난 이야기를 내게 들려주기도 했습니다. 가끔은 동주가 나보다 더 큰 어른 같기도 했습니다.

아이는 어른보다 훨씬 깊은 눈으로 세상을 바라보고 이해하는 것 같습니다. 그래서 나는 어린 친구들과의 이야기에 놀라기도 하고, 마음이 아프기도 합니다.

우리는 동주를 존중했습니다. 비록 나이가 어리다고 하더라도 우리는 동등한 인간이니까요. 어른의 배려 때문에 엄마의 죽음에서 아이를 멀어지게 할 수는 없었습니다. 그렇기에 이야기를 나누며 동주를 이해하려 했고, 동주의 생각과 마음을 들을 수 있었습니다.

"엄마가 아프다는 건 알아요. 예전에 엄마랑 걸어가다가 엄마가 넘어진 적이 있어요. 제가 엄마를 일으켜주고 엄마에게 괜찮다고 놀라지 말라고 이야기도 했어요. 가끔 엄마와 함께 공부할 때 엄마가 아파서 엎드려 있으면, 제가 이불도 덮어주었어요. 아픈 엄마이지만 저는 같이 있는 게 너무 좋아요. 그런데 요즘은 조금 걱정돼요. 병원에 가면 항상 빨리 오는데, 이번에는 엄마가 병원에 오래 있는 것 같아서요."

시간이 지나면서 동주는 조금씩 불안해하기도 했습니다.

"여기 이 병원 싫어요. 엄마는 제가 찾아와도 잠만 자는 것 같아요. 가끔은 저 때문에 엄마가 아픈 것 같아요. 제가 소중하지 않은 아이면 어떡하죠?"

동주와 나의 비밀 이야기가 조금씩 늘어가던 어느 날이었습니다. 아이의 엄마에게는 죽음이 다가오고 있었습니다. 동주의 아빠와 나는 동주에게 '아픈 엄마가 이제 곧 죽음을 맞이한다'는 사실을 어떻게 전해야 할지 고민하기 시작했습니다. 그때 동주와 조심스럽게 면담을 시작했습니다.

"저는 죽음이 뭔지 알아요. 친구들이 할아버지 무덤에 다녀온 이야기를 했어요. 그리고 친구들의 강아지가 죽는 것도 봤어요."

동주는 마치 준비가 된 것처럼 이야기를 했습니다. 나는 조심스럽게 동주에게 엄마가 죽는다는 사실을 전해주었습니다. 아이의 눈물은 마음이 아팠습니다. 아이와 함께 울었습니다. 아이에게 엄마가 얼마나 동주를 사랑했는지, 동주를 얼마나 자랑했는지를 전해주었습니다. 그리고 동주에게 물었습니다.

"엄마가 죽고 동주랑 헤어질 때, 그 순간 동주는 엄마랑 함께하고 싶어?"

아이는 고개를 끄덕였습니다.

동주는 엄마가 눈을 감는 순간, 엄마의 손을 잡고 마지막 인사를 했습니다.

"엄마, 잘 가. 그곳에서는 아프지 마! 엄마 정말 사랑해. 우리 엄마여서 고마워."

동주는 자신이 하고 싶었던 말을 엄마의 귓가에서 전했습니다. 그날 동주는 세상에서 가장 소중한 사람과 이별을 하고, 세상에서 가장 아픈 이별을 경험했습니다.

나는 아이 엄마의 장례식장에서 동주를 꼭 안아주었습니다. 온기가 동주에게 전달되기를 바라면서 안아주었습니다.

아직도 가끔 맴도는 말이 있습니다.

"병원에 오면 엄마를 볼 수 있다는 생각에 엄마에게 막 달려가고 싶어요. 엄마가 너무 보고 싶어요!"

겨울이 되면 아이는 세상에서 가장 소중한 엄마가 생각이 날지도 모르겠습니다. 내리는 눈이 그 마음을 따뜻하게 위로해주기를 바라봅니다.

삶의 향기가
머물러 있는 곳에 서서

호스피스 병동은 가족들의 기억이 머물러 있는 곳입니다. 가족에게는 호스피스 병동이 아픈 곳이자, 그리운 삶의 흔적과 삶의 향기가 머물러 있는 곳이기도 합니다.

꽤 오랜 시간이 지나 다시 찾아온 병원에서 많은 가족들은 눈물 흘립니다. 그리고 자신들의 서랍 안에 넣어 두었던 기억과 감정을 꺼내어 함께 나눕니다. 소중한 사람을 떠나보낼 때 함께했던 호스피스 병동 간호사, 의사, 사회복지사, 자원봉사자들과 이야기도 나눕니다. 그러면서 일상에서 위로받지 못했던 자신들의 마음을 이해받고 위로받지요. 그런 다음 다시 일상으로 돌아가곤 합니다.

호스피스 병동에서 환자들과 면담을 할 때 가끔 듣는 이야기들이 있습니다. 가족에게 아픔을 주는 자신들의 존재가 '처음부터 태어나지 않았다면 좋았을 것'이라는 이야기지요.

가족이 처음부터 자신을 기억하지 못해 영원히 아프지 않았으면 좋겠다는 바람을 나에게 들려주는 순간이 있습니다. 처음부터 태어나지 않았던 것처럼. 자신의 흔적이 세상이라는 곳, 그 어느 곳에도 남겨지지 않기를 원한다고 말하기도 합니다.

그 순간만큼은 나 역시 남겨진 사람이기에 서운함과 안타까운 마음이 느껴집니다. 그래서 묘한 통증을 느끼기도 합니다. 그리고 조심스럽게 나의 생각을 전달합니다.

"당신과 이야기하는 지금 이 순간에도, 저는 이 공간에 함께 머물러 있어요. 시간이 지나 언젠가 당신을 떠올리며, 당신을 그리워할 것 같습니다. 저도 그리움에 눈물을 흘릴 것 같습니다. 이미 존재하기에 처음부터 태어나지 않은 존재가 된다는 것은 가족을 더욱 아프게 만드는 이야기 같아요.

지금 이렇게 당신과 이야기를 하는 동안에도 저는 당신과 눈을 맞추고 웃음과 울음을 함께 나누며 이 시간을 기억해요.

함께 나눈 눈물과 시간이 이미 제 삶에 스며들었어요. 의미 있는 대화를 나눈 사람을 어떻게 한순간도 스쳐지나간 적이 없었던 사람처럼 기억하지 않을 수 있을까요?

당신이 죽음으로 사라진다고 해도, 당신이 했던 이야기들은 제게 머물러 삶에 큰 영향을 줄 것 같아요. 이렇게 아주 잠시 알게 된 저의 삶에도 당신의 생각과 말은 흔적을 남겨요. 그리고 이 작은 흔적으로도 저는 당신을 그리워하고 슬퍼할 것 같아요. 우리는 인간이기에 생각하고 떠오르는 것들을 마음대로 할 수 있는 것은 아니니까요.

사라짐이 아니라 기억된다는 것을 생각해주세요. 다시 떠올릴 때 가끔은 미소 지을 수 있도록 해주세요. 각자의 삶에 대한 의미와 자신의 소중함에 대한 평가는 결국 자신의 몫이겠지만, 그리움과 슬픔을 간직하며 살아가는 것도 각자의 몫인 것 같습니다.

'내가 사라지면 없었던 존재였다고 생각하며 살아가라'는 말씀은 죽음을 전제로 하는 잔인한 말 같아요. 감정을 기억하고, 추억하고, 이미 함께 나눈 삶들이 있는데, 이 모든 것들은 각자의 죽음 이후에 기억되고 머물러 있는 것 같아요. 우리 모두의 삶에서 힘듦을 감히 이해한다고 할 수는 없어요. 하지만 아주 조금이라도 마음의 여유가 있다면, 나의 죽음이 다가오기 전에 가족이 감내해야 하는 슬픔과 그리움과 보고 싶어 하는 그 깊은 슬픔의 마음을 조금은 헤아려주기를 바랍니다.

가족은 당신이 세상에 존재하지 않는 순간에도, 당신이 살아 있을 때보다 더 아픈 시간을 견뎌내야 한다는 것을 당신도 헤아려주었으면 좋겠습니다. 당신만 힘들 것 같은 이 순간, 진실 앞에서 이런 이야기를 해서 저도 마음이 무척 아파요.”

호스피스 병동에서 나와 동료들은 죽음이 다가오는 순간에 환자들의 눈빛을 보게 됩니다. 맑아지는 눈빛의 고요함을 말이죠. 그 고요한 눈빛을 바라보는 순간, 죽음이 다가옴을 예상하지요. 나와 동료들은 겉으로는 일상생활을 하지만, 속으로는 걱정하고 눈물을 담고 있습니다. 우리는 이를 서로 이해하고 마음을 헤아릴 수 있습니다.

타인의 죽음을 바라보며 나의 삶을 생각하고, 타인의 죽음을 바라보며 나의 죽음을 생각합니다. 언젠가 내가 일하는 공간, 내 삶의 터전에 찾아온 인연과의 헤어짐이 참으로 아프게 한다는 사실도 알 수 있었습니다. 우리 모두는 누군가를 그리워한다는 사실도 말입니다.

한 사람이 머물다 간 흔적이 더 많은 사람들의 삶에 남아 있다는 것도 조금씩 알아가기도 합니다. 그리고 무뎌진 감정 속에 숨겨놓기도 합니다. 계절이 차가워지고 각자의 삶에서 쓸쓸함이 올라올 때면, 가을도 겨울도 향기를 전달하며 나의 감정에게 안부를 묻는 순간이 있습니다. 마음 안에 일렁이는 것들이 그리움인 것인지, 슬픔인 것인지, 아픔인 것인지는 가늠하기가 힘듭니다.

하지만 갈대를 보며 걷는 길 위에서, 떨어지는 낙엽을 보는 길 위에서, 항상 혼자 서 있는 그 순간! 그 순간 내가 바보처럼 용감하게 울 수 있는 것은 무엇 때문일까요. 한 사람을 잃은 슬픔이 내게 머물러 있다가 가끔은 혼자 남겨짐을 알 때, 예고 없이 찾아오는 용감한 감정 같습니다. 가족의 그리움이 아닌 간호사인 나의 그리움과 슬픔을 표현하게 되는 것 같습니다.

그 순간 알게 됩니다.

'삶의 향기가 머물러 있는 곳에서 나도 눈물 흘리며 그리워하는구나. 모두를…'

우리는 다시 만날 거예요. 바람이 불어와 잠시 머물다가 다른 곳으로 가듯이, 우리도 그렇게 흘러가는 거예요. 바람이 어느 한 곳에서 서로 만나 잠시 함께 머물 듯, 어디선가 우리도 다시 만날 거예요. 우리가 만약 다시 만나서 못 알아본다 하더라도, 예전에 만났던 사람이었을지도 모른다고 생각해요. 우리, 배려하고 여유를 줘요. 혹시 알아보면 반갑게 손을 흔들며 인사해요.

6
장

우리

다시 만나요

박진노

있을 때 _____

잘해 _____

호스피스 현장에서 보는 가족의 소중함의 크기와 무게는 시간이 지날수록 나에게 더 크고 소중하게 다가오는 것 같습니다. 가족의 소중함은 무엇으로도 대신할 수 없지요.

　스스로 움직일 수 없는 암 환자가 있습니다. 그는 주말에만 오는 아들을 기다리며 병상에 누워 일주일을 보냅니다. 아들에게 보고 싶다고 하면, 바쁜데 자기 일도 못하고 자주 올까 봐 보고 싶어하는 마음을 가슴으로 삼킵니다. 그렇게 그는 일주일 내내 아들을 기다립니다. 아들을 바라보는 눈가에는 그리움이 어려 있습니다.

자신에게 얼마 남지 않은 삶을 너무도 잘 알기에 바라보는 이들의 안타까움도 무척 큽니다. 그는 아들이 어떤 말을 하든, 닮지 않았으면 하는 것을 닮아도 사랑스럽다고 합니다. 그저 보기만 해도 미소가 지어진다고요. 환자는 아들이 있었기에 외로움과 고통을 조금이나마 이겨낼 수 있었다고 말합니다.

아들이 다녀간 다음 날이면, 또다시 감정을 조절하고 체력을 키웁니다. 일주일 뒤에 아들과 만나야 하니까요. 그 모습을 볼 때 자식을 둔 같은 부모 입장에서 가슴이 시립니다. 살면서 좋은 일만 있는 것은 아니지요. 힘든 일, 어려운 일을 겪으면서도 삶의 에너지를 얻는 것은 아마 자녀 덕분이 아닐까요. 마음이 통하는 자녀가 있다는 것, 그 자체만으로도 삶은 참으로 따스해지는 것 같습니다.

그렇기에 환자의 삶을 볼 때면 늘 안타까움이 묻어납니다. 자녀를 바라보는 그 따스하고 애틋한 눈길이 그 환자만 그런 것은 아니지요. 아마 자녀를 둔 부모라면 같은 마음이 아닐까 생각합니다. 나는 그들을 보며 가족의 소중함을 일깨우고, 나를 채우는 시간을 경험합니다.

보통 모임에 나가면 살아가는 이야기, 동기나 친구들의 근황, 가족 간의 관계 등을 주로 이야기하지요. 친구들은 이젠 아내가 내가 있는지 신경도 안 쓴다고 하거나(자녀를 출산한 시절부터인 것을 이제 와서 새삼스럽게 이야기합니다), 요즘은 아내 눈치 보느라 정신이 없다고 하는 등 우스갯소리로 아내에 대한 불만을 이야기합니다.

이런 이야기를 언젠가 장인어른에게 한 적이 있습니다. 장인어른께서는 그럴 때마다 친구들에게 이렇게 말한다고 했습니다.

"있을 때 잘해. 지금 곁에 있는 것만 해도 행복한 거야. 아내가 없거나 일찍 가버렸다고 생각해봐. '아내가 없었으면' 하고 이야기하지만, 오히려 자유는 많지 않을 거야. 아내만큼 잘해줄 사람은 아무도 없어. 이놈들아, 있을 때 잘해!"

호스피스 완화의료 병동에서는 인생의 여러 단계를 맞이하는 사람들을 만날 수 있습니다. 암에 걸린 아내를 둔 한 남편의 넋두리는 이렇습니다.

"80세를 넘어 이제 좀 살 만하고, 인생을 함께 즐기려고 하니 아내가 떠날 준비를 하고 있네요. 평생 동반자로 고생만

하다가…. 이제는 아침에 밥상을 차려주던 사람도, 출근을 재촉하는 사람도 없어요. 그저 지금은 즉석밥을 전자레인지에 데우고, 딸과 며느리가 냉장고에 채워준 마른 반찬을 꺼내 먹지요. 때로는 떡이나 우유 등으로 끼니를 때우고요.

아들이나 사위가 출근하기 전에 들러서 설렁탕을 같이 먹자고 하지만, 그런 내 모습이 썩 내키지 않아요. 이미 나는 '아내가 차려주는 밥상에 익숙해져서 할 수 있는 게 아무것도 없구나'라는 생각이 들어서요. 그런데 "고맙다"는 말 한마디 안 했네요. 그래서 마음이 참 아파요. 아내가 퇴원하면 내가 밥을 차려줄 수 있을지도 막막하고요. 그동안 살면서 사랑한다는 말도 안 하고, 참으로 아내에게 미안하네요. 왜 평소에 잘해주지 못했는지…. 이제 와서 못한 것만 생각나요."

사랑하는 사람을 떠나보내는 사람, 사랑하는 사람을 남겨두고 떠나는 사람의 마음은 짐작으로도 헤아리기 힘듭니다. 우리는 이별을 준비하면서 회한과 죄책감으로 자신을 어둠 속에 가둡니다.

하지만 우리는 살고 있고, 살아야 합니다. 미안한 마음이 들더라도 내가 어떻게 할 수 없는 일에는 미련을 두지 말아야 합니다. 다만 지금 내가 할 수 있는 일은 분명 있으니 그것을 찾아야 합니다.

앞으로 남은 삶이 한 시간이든, 하루든, 일주일이든 상관없습니다. 주어진 시간을 소중히 여기고 잘 살고자 노력해야 합니다. 곁에 있는 사람에게 바람막이가 되어주고, 그늘이 되어줘야 합니다. 그러니 작은 일부터 하나씩 시작해가면 됩니다.

소중한 배우자, 자녀, 부모가 임종을 앞두고 있다면 말 한마디에도 진심을 담아 전해보세요. 그 말 한마디면 충분합니다. 지나고 나면 그들은 당신의 손길 하나하나에 모두 감사할 것입니다. 당신은 존재 자체만으로도 누군가에게 무척 소중한 사람이니까요.

내가 언제
걸을 수 있을까요?

내 몸에 되돌릴 수 없는 비가역적인 현상이 일어나고 있습니다. 어느 날 눈을 떠보니 어제까지는 안 그랬는데, 화장실을 스스로 갈 수가 없습니다. 그들은 반복적으로 내게 이렇게 질문합니다.

"내가 언제 걸을 수 있을까요? 내가 언제 밥을 먹게 될까요?"

물어보는 사람만큼 내 가슴도 아픕니다. 의사지만 해줄 수 없는 한계에 대한 무력감이라고 해야 할까요. 직접 처한 상황이 아니기에 잘 알 수는 없을 것입니다. 하지만 '나 역시 그들과 같은 상황이면 그럴까? 상황을 받아들이고 포기하기가 그렇게 어려운 것일까? 지금의 이 상황이 현실일까? 혹시 의사의 오진은 아닐까?' 하는 생각도 듭니다. 의사라고 할지라도 타인이 어떻게 내 삶을 단정지을 수 있는지 화가 나기도 하고요.

나는 점차 사라지는 몸의 기능보다 남아 있는 기능을 가지고 무엇을 할 것인지 계획하자고 말해봅니다. 그럼에도 많은 환자들은 매일 반복해서 질문합니다. 언제 걸을 수 있을지, 언제 밥을 먹게 될 것인지를요.

안 되는 것, 내가 어떻게 할 수 없는 일에 시간을 보내지 말고, 내가 할 수 있는 것을 추려서 그것부터 해보자고 권해도 마찬가지입니다. 하기야 못 움직이고 못 먹는데, 어떻게 긍정적인 생각이 들까요. 환자들은 '나는 죽지 않아'라는 생각을 하면서 부정하려 해도, 내 몸이 말을 듣지 않는 것을 인식하며 불안해합니다.

혹시 믿을 수도 믿기지도 않으니, 반복해서 내게 자신의 상태를 물어보는 것은 아닐까요? 그래서 나는 다시 물어보자고 마음을 바꿨습니다. 어제 이야기한 주제로 오늘도 다시 이야기해봅니다.

"같은 질문을 어제도 오늘도 하셨는데, 마음속에 어떤 궁금

점이 생겼는지요? 같은 질문을 하게 된 어떤 생각이나 경험
이 있나요?"

의사로서도 길을 찾을 수 없다면 처음으로 돌아가듯이, 이
문제에 고민을 한 환자 당사자에게 물어봅니다. 현장에서 환
자가 답을 줄 것이니까요.

"내가 언제 걸을 수 있을까요?"란 질문 뒤에는 환자의 요
구가 어떤 방향인지 뒷받침이 필요한 질문들이 있습니다. 환
자의 요구는 적어도 세 가지 이상의 형태가 있습니다.

첫 번째는 내가 왜 이렇게 되었고, 왜 못 걷는지 이해할 수
있는 정도의 정보가 제공되어야 한다는 것입니다. 두 번째는
어떤 방향의 치료 목표를 가지고 어떻게 치료해줄 것인지, 어
떤 일정으로 관리해줄 것인지 등 일련의 치료에 관한 내용입
니다. 세 번째는 나와 가족의 슬프고 우울한 마음을 어떻게
치유하고 위로하는지, 이를 위한 프로그램은 무엇인지 등에
대한 것입니다.

이 세 가지 모두에 관심이 있는 사람들은 자신의 병을 받아
들이고 다음을 모색하는 사람들입니다. 그런데 문제는 이런
요구로 넘어가기 전에, 못 걷고 못 먹는 단계를 일시적 현상

으로만 바라보고 현재의 상황을 부정하는 것입니다. 현재에 머물러 다른 어떤 이야기를 하더라도 통하지 않는 경우지요.

이럴 때 개별적인 접근이 필요합니다. '많이 듣자. 거기에 답이 있다'라는 것처럼, 환자의 생각이 이르게 된 이유를 거슬러 올라가면서 들어봐야 합니다.

아이러니하게도 이런 자세는 상황에 따라 지양해야 하는 경우도 있습니다. 의사들은 환자가 앞으로 '못 걷고 못 먹는다'는 결론을 가지고 면담에 임합니다. 그러면 환자에게는 자신의 생각과 다른 벽을 만난 것이지요. 환자 자신이 놓아야 없어지는 벽인데, 의사가 미리 단정적으로 결론을 가지고 있는 상태로 면담하면, 환자에게는 의사가 내 말은 안 들어주는 벽인 셈이죠. 그러니 목표는 있지만 결론을 미리 내리지 않는 면담 태도가 환자에게 숨통을 트이게 하는 힘이 되기도 합니다.

불과 10년 전만 해도 의료진은 환자에게 진단병명, 예후, 치료 가능성 등을 사실 그대로 알려주기를 꺼려했습니다. 가족에게 먼저 알려주거나 환자에게 질문을 받을 때까지는 미리 알려주는 것을 기피했지요.

그런데 최근 의료진들이 환자의 알 권리와 자기결정권을

존중하고, 남은 삶을 잘 살 수 있도록 돕기 위해 모든 정보를 사실 그대로 전해주려 합니다. 물론 일부 환자들은 정보를 많이 알면 알수록 불안해하는 경우도 있습니다.

모든 사람이 임종이나 죽음에 대해 적극적으로 해결하려고 마주서지는 않습니다. 모든 사람이 자신의 삶을 돌아보고 성찰하는 것도 아닙니다. 지금 이 순간, 더 혼란스러운 이야기를 듣지 않고 편히 지내고 싶은 환자들도 있습니다.

다만 우리는 죽음이라는 순간을 앞둔 환자들에게 존중하는 태도가 필요합니다. 작은 의견 하나에도 귀를 기울이고 존중해야 하지요. 나의 관점과 경험이 죽음의 순간 앞에 환자에게 같은 크기로 전해지지 않음을 느낍니다.

평안함과 배려가 머물 때, 죽음은 꽤 멋있는 그림을 만들어주기도 합니다. 내가 사라져가는 불안의 경험 앞에서도 죽음은 두려움이 아닌 삶의 마무리가 되는 것이지요.

당신을
이해합니다

호스피스 완화의료 병동을 찾은 환자와 첫 대면할 때, 환자들
은 종종 이런 말씀을 합니다.

"얼마나 아프고 고통스러운지 죽고 싶어요."

그러면 나는 "당신의 마음을 조금이나마 이해합니다. 어떨
때는 죽는 것이 더 편하다는 생각이 들 때도 있지 않나요?"라
고 말합니다.

이 질문에 환자들은 이렇게 말합니다.

"선생님께서 어떻게 그 마음을 아시죠? 맞아요. 때로는 죽
는 것이 더 낫겠다는 생각이 들기도 해요."

예전에는 자살을 한다는 것이 이해되지 않았습니다. '죽을 용기가 있다면 좀더 살아봐야 하지 않겠나' 하고 생각했지요. 하지만 그런 내게도 자살이 이해되는 순간이 다가왔습니다.

우리 병원은 의료법인으로 기업회생에 들어간 적이 있습니다. 병원은 영업이익이 꾸준히 나는 상태였으나 투자로 인한 부채가 있었고, 동업자의 배임과 방해로 경영권도 제3자에게 넘겨야 하는 상황이었습니다. 동업자는 이사장 사임과 관련해 절차 문제로 고소를 했고, 조사와 재판이 진행되었지요. 힘든 상황이 있었지만 병원의 신뢰성을 위해 외부에 표현을 자제하면서 억울한 마음으로 시간을 보낼 수밖에 없었습니다.

기업회생이 진행되면서 불확실한 채권자로부터 보호는 받았지만, 병원이 진행하던 해외사업이나 신규 정책사업에는 참여할 수 없었습니다. 그래서 병원의 피해는 시간이 흐를수록 커져갔습니다. 나는 병원 행정업무와 진료도 하고, 대외적인 업무도 하면서 소송에 대한 대응도 같이 해나갔습니다.

억울하다는 심적 부담감 때문인지, 따뜻한 날인데도 한기를 느꼈습니다. '이대로 모든 것을 놓아버리고 죽는 것이 훨씬 편할 것 같다'는 생각이 들었지요. 따사로운 햇살이 평온하게 나를 감싸줄 것만 같았습니다.

그 순간 자살을 결심하는 사람들의 마음을 아주 조금이나마 알 수 있었습니다. 물론 죽겠다는 마음을 먹은 것은 아니었습니다. 다만 '극심한 심적 고통에서 벗어날 출구가 없다고 생각하면, 죽고 싶은 마음이 들지는 않을까' 하는 생각이 들었습니다.

통증과 증상이 조절되지 않아 우울하다는 것조차 느낄 새가 없고, 불안하고 누구도 믿지 못하는 상태에 처한 환자들은 입원 후 몸이 괜찮아지면 이렇게 말합니다. "정말 죽고 싶을 정도로 아팠어요"라고요.

이렇게 말하는 환자들은 그나마 낫습니다. 많은 사람들은 통증이 누그러져도 앞으로 다가올 통증과 고통이 더 심할까봐 두려워합니다. 진통제, 수면제, 항불안제를 복용하는 것도 의심스러워하고 두려워하지요. 새로운 치료에 대한 불안감, 죽을지도 모른다는 두려움, 닥쳐올 미래에 대한 공포. 그들은 이 모든 것을 걱정하고 불안해합니다.

어느 날 가만히 있는데도 불안한 느낌이 든다고 합니다. 엘리베이터를 타면 갑자기 엘리베이터 바닥이 없어지면서 떨어질 것만 같은 가슴 철렁한 느낌, 침상에 누워 있을 때 바닥이 꺼지면서 아래로 떨어지는 듯한 아찔한 느낌, 어두컴컴한 허허벌판에 혼자 서 있는 느낌, 우주 공간에 혼자 떠 있는 느낌, 땅거미가 지는 황야에서 누군가가 내게 '시간이 다 되었다'라는 말을 하는 느낌…. 환자들은 고가에서 차를 타고 내려올 때 아랫배에서 철렁하는 느낌을 침대에 누워서도 느끼는 것입니다. 이런 마음을 누구에게 하소연할 수도 없습니다.

가끔 내가 의사라는 것에 감사함을 느낍니다. 환자들의 신체적 고통에 집중하고, 그 고통에서 벗어날 수 있도록 도와주는 역할을 하니까요. 그 과정에서 최선을 다할 수 있는 역할을 가졌다는 것과 죽음을 조금은 더 편안하고 외롭지 않게 만들 수 있음에, 조금이나마 '다행'이라는 감사함을 느낍니다.

미국의 한 논문에 따르면, '의료진에게 죽음을 요청하는 말기 환자들의 99%는 호스피스 완화의료가 대안으로 작용한다. 돌봄을 제공받은 이후, 죽음 요청을 철회하거나 더이상 표현하지 않았다'는 결과가 나왔습니다.

죽음을 앞당길 생각을 하는 사람을 만날 때마다, 호스피스 완화의료팀은 더욱더 최선을 다해 당신을 돌볼 것입니다. 그리고 그 과정 속에서 언제나 상대를 배려하고 존중할 것임을 다짐해봅니다.

'우리는 당신의 전부를 알 수 없습니다. 다만 죽고 싶다고 생각한 당신의 마음을 조금이나마 이해합니다.'

우리
다시 만나요

호스피스 완화의료 병동에 입원하고 통증과 증상이 잘 조절되면, 생을 마감하기 전까지 통증으로 고생할까봐 너무 두려웠는데 해결해줘서 고맙다고 표현하는 사람들이 많습니다.

그런데 그들 중 많은 사람들은 이제 남아 있는 삶이 얼마 남지 않았다는 것을 알고 나면 정신적 불안감이 커집니다. 우리는 이 불안감도 함께 나누면 사라질 것이라는 사실을 알고 있습니다.

호스피스 완화의료 병동에서 환자들이 임종기에 접어드는 경우, 대부분의 환자들은 자신의 의식 상태가 심장과 호흡이 멈출 때까지 맑게 유지되기를 바랍니다. 적어도 스스로 못 걷는다고 해도 남의 도움 없이 화장실도 가고, 스스로 용변을 처리할 수 있기를 희망합니다.

그래서 이때 환자들은 식욕이 없거나 소화가 힘들어도 기운을 차려야 한다는 생각에 힘을 내서 한 숟가락이라도 더 들고자 하지요. 환자들은 기력이 떨어져서 일어서는 것조차 힘들더라도, 조금이라도 움직여야 빨리 회복되고 퇴원할 것이라고 생각합니다.

이런 생각들은 누구나 하기 마련입니다. 그래서 많은 사람들에게서 비슷한 행동을 볼 수 있습니다. 그런데 문제는 낙상이나 섬망이 생긴다는 것이지요. 내가 생각하는 나의 상태와 현재 움직일 수 있는 나의 상태가 달라서 불안하기 시작하고, 헛소리를 시작하면서 섬망이 생깁니다.

걸을 수 있는 능력이 떨어졌다는 사실로 인식하는 것이 아니라, 누군가가 자신을 묶어두었거나 가둬두었다고 생각하는 것이지요. 그래서 마치 늪이나 수렁에 빠진 듯한 느낌 때문에 매트리스를 바꿔달라고도 합니다. 일부 환자는 자신이 "감옥에 갇혔다"라고도 표현하고요.

그런데 모든 환자에게서 섬망이 생기는 것은 아닙니다. 자신의 삶을 관조하듯이 성찰하고, 느낌과 생각을 표현하고, 주위 사람들과의 대화로 남은 삶을 정리하는 사람들도 있습니다.

물론 이들도 슬프고 우울해하고 불안해합니다. 심리적으로 힘든 시간을 보내지요. 그럼에도 영적으로 성장하는 환자 자신을 돌아보기도 합니다.

임종 바로 직전에 유언을 남길 수 있는 환자들이 많지는 않습니다. 그래서 심리적으로 안정감이 있는 환자들에게는 유언이나 남길 말씀들을 미리 할 수 있도록 안내합니다. 거창한 말이 아니라 삶과 가족에게, 이 세상에 대한 마지막 인사인 셈이죠. 드물지만 자신의 감정과 느낌을 잘 조절하고 기력도 제법 유지하면서 임종을 하루이틀 앞두고 자신의 생각을 이야기하면서 작별을 할 때도 있습니다.

우리는 종교가 없는 분들에게 다음과 같이 말합니다. 그리고 종교가 있는 분들은 종교와 관련된 인사를 합니다.

"우리는 다시 만날 거예요. 바람이 불어와 잠시 머물다가 다른 곳으로 가듯이, 우리도 그렇게 흘러가는 거예요. 바람이 어느 한 곳에서 서로 만나 잠시 함께 머물 듯, 어디선가 우리도 다시 만날 거예요.

우리가 만약 다시 만나서 못 알아본다고 하더라도, 예전에 만났던 사람이었을지도 모른다고 생각해요. 우리, 배려하고 여유를 줘요. 혹시 알아보면 반갑게 손을 흔들며 인사해요."

"우리는 우주에서 여러 원소들이 결합해 어머니의 몸을 통해 태어났어요. 우리는 다시 여러 원소들로 흩어지고, 다시 우주로 돌아가요. 우리 몸이 흩어질 때 우리의 정신도 흩어지는 것인지, 우리는 정확히 알 수 없어요. 일부 영성 수련자들은 영적 세계에서 만남을 주장하기도 하지만, 우리는 변화하는 전환점에 있다는 것만은 확실해요.

우리는 어머니의 몸을 통해 보호를 받으면서 조심스럽게 태어났어요. 자연의 배려인지, 누구의 배려인지 정확히 알 수는 없지만 갈 때도 어떤 배려가 있지 않을까요? 그 배려가 태어날 때의 배려보다 못하다고 느끼더라도 우리 섭섭해하지 말아요. 우리는 흘러가는 시간 위에 떠가면서 공간을 이동하는 여행자니까요.

흘러가면서 우리 자신도 나뉘면서 서로 헤어질지도 몰라요. 그렇다고 슬퍼하지 말아요. 언젠가 우리 자신의 조각들도 다시 만날 테니까요. 다만 그때는 우리가 아닐 수도 있어요. 나와 너로 만날 수도 있고요. 우리도 다시 만나요."

"우리는 다시 왔던 곳으로 돌아갈지, 다른 단계로 넘어갈지는 알 수 없어요. 다만 그때는 또 거기에 맞게 살아갈 거예요. 우리 다시 만나요. 그리고 두려워하지 말아요. 혹시 두려운 생각이 든다면 '가장 곁에 있었으면 하는 사람'을 생각하세요. 그 사람은 이미 당신의 마음 안에도 있고, 내가 잠이 들때도 항상 내 머리맡에서 나를 지켜줘요. 그리고 내가 불기둥 속을 걸어가더라도 내 등 뒤에서 나를 감싸줄 것이라고 믿지 않나요?

이 세상에서 가장 잘한 일은 살면서 언제나 내 편이 되어줄, 적어도 한 사람 혹은 몇 사람을 알게 된 것이라고 할까요. 만약 그런 사람이 없었다면, 여기 우리가 그런 사람이 되려고 할게요. 적어도 내가 힘든 상황에서 '마음에서 마음으로 전하는 따스한 손길이 있구나'라고 느낄 수 있도록 해줄게요."

마지막 인사를 무사히 마친 환자는 정말 편한 얼굴로, 조용히 호흡을 멈춥니다. 자신의 삶을 연장시키거나 앞당기려는 시도를 하지 않고, 그저 자신에게 주어진 삶을 살다가 평온하게 임종합니다.

"당신이 늘 당신께 일어나길 바라던 기적 같이, 무수한 사람들 중에 당신과 나의 만남은 일종의 기적이었어요. 당신의 얼굴을, 당신의 이름을 내가 잊을지는 몰라도, 우리의 마음은 서로를 알아볼 수 있을 거예요. 우리 다시 만나요."

지나고 나면
너무 짧아요

가족은 오히려 가족이기에 가끔은 큰 상처를 주기도 합니다.
그리고 가끔은 세상에서 가장 큰 성벽을 만들어서 지켜주기
도 하지요.

  그렇기에 때로는 그 성벽이 자신에게 상처가 되고 있음을
알지 못합니다. 우리는 '가족'이라는 이름 아래 가장 귀한 시
간을 가장 짧게 보내고 있는지도 모릅니다.

  대장암, 척추전이, 척수압박증후군, 파킨슨병으로 고생했던
50대 남자 환자의 이야기입니다. 그는 많은 고난이 있었지만,
최근에 통증과 증상이 잘 조절되면서 편히 잘 수 있었다고 했

습니다. 그러던 어느 날, 그는 나에게 울먹거리며 말을 꺼냈습니다.

"선생님, 아무도 날 이해하지 않고 도와주지 않는 것 같아요."

'병원에서 잘 지내고 계셨는데 무슨 일인가' 하고 귀를 기울였지만, 그는 더 이상 이야기해주지는 않았습니다. 그래서 그가 이야기할 때까지 기다려주기로 했습니다. 그를 위한 나의 또 다른 배려인 셈이었습니다.

회진을 마치고 병실을 나와 환자의 아내와 면담을 해보니, 최근 아내가 오십견으로 물리치료를 받고 있다고 했습니다. 그러다 보니 통증 때문에 힘들어서 남편의 자세를 바꿀 때 평소보다 힘을 덜 주었다고 했습니다. 남편이 산책을 하자고 해도 아내는 병실에서 쉬자고 했다고 했습니다. 그때 남편이 섭섭함을 느꼈는지 자신에게 더이상 이야기를 하지 않았다는 것이었죠.

그의 아내는 평소에 힘든 내색 한 번 하지 않았고, 자신의 통증을 혼자 감당해냈습니다. 하지만 아내의 어깨 통증이 더 심해지면서 남편은 예전과 다른 손길에 애정이나 관심이 줄어든 것으로 느낀 것이었습니다. 자신의 손길에 대해 남편이 이런 생각을 할 것이라고는 예상하지 못했던 아내는 놀랐다며 면담중에 계속 울기만 했습니다.

많은 가족들은 서로에게 중요한 말을 하지 않습니다. 환자는 가족들이 걱정할 것 같아서, 가족들은 환자의 기분이 상할 것 같아서 말이지요. 서로의 배려가 서로에게 거리감을 만들어준 셈이었습니다.

우리는 가끔 상황에 따라 환자와 가족에게 어떤 이야기를 해야 하는지에 대한 조언을 하기도 합니다. 만일 아내가 오십견 때문에 물리치료 중이라고 미리 말했더라면 남편이 이해하지 않았을까요? 남편에게 자신의 통증과 아픔을 이야기하면 남편이 자신을 걱정할까봐 그런 것은 아니었을까요? 아내 입장에서 얼마 남지 않은 삶 동안 내가 최선을 다할 것이라고 생각했는데, 생각과 다르게 몸이 따르지 못한 것에 대한 후회 때문이었을까요?

가족들은 오랜 시간 병간호를 하다 보면 지칠 수밖에 없습니다. 그래서 투병 생활이 더 길어지지 않기를, 일찍 돌아가시길 바라는 마음을 표현하기도 합니다. 이는 그럴 수 있다고 생각합니다. 그러니 그 마음도 헤아려줘야 합니다.

생의 마지막에서 간절히 원하는 것들

호스피스 완화의료는 남은 삶을 일부러 단축시키려 하거나 무의미한 연명의료를 통해 삶을 연장하려는 것이 아닙니다. 다만 환자에게 인간의 존엄성과 품위를 유지하도록 돕기 위해 통증과 증상을 조절하며 정서적·영적·사회적 지지를 병행하는 일입니다.

환자에게 시행해야 하거나 환자가 시행하길 원하는 치료가 있다면 빠른 판단이 필요합니다. 그리고 치료가 도움되는지 여부와 환자의 자기결정 여부를 판단해서 수행합니다. 빨리 돌아가시길 원하는 보호자와 면담을 하면, 윤리적인 부분과 법적인 부분에 대해서 설명해줍니다. 그러고 나서 나는 이 말을 꼭 덧붙입니다.

"돌아가시고 나면 곁에서 돌본 시간이 너무 짧았다고 후회하는 날이 올 수도 있습니다. 남은 시간이 결코 많지 않습니다. 그러니 곁에서 환자가 원하는 것을 함께하고 생각을 나누는 것이 후회가 가장 덜할 것입니다. 지나고 나면 이 시간이 너무나 짧습니다. 그날은 갑자기 옵니다. 오늘이나 내일에도요."

사랑하는 사람을 잃고 나면 금방은 슬픈 것을 잘 모르다가 한참이 지난 어느 날 갑자기 꺼억꺼억 울고 있는 자신을 발견할 수도 있습니다. 뒤늦게 자신의 감정을 깨닫는 것이지요. 그리고 늦은 깨달음은 더 큰 그리움과 아픔을 주기도 합니다.

병원에서 아내를 떠나보내고 10년이나 흘렀지만, 꾸준히 후원해주는 분이 계십니다. 저소득층 환자들의 간병비나 여성 환자들이 음악·미술·원예·향기(아로마) 요법 등을 하는 데 필요한 비용을요.

그는 두 아들을 미국에서 의사로 키우면서 열심히 생활한 분이었습니다. 부드러운 성품과 유머, 긍정적인 사고, 탄력적인 사고의 유연성, 아내를 사랑하는 마음 등 배울 점이 많은 분입니다. 얼마 전에 만났을 때 그는 아내의 빈자리를 받아들이고 아픔이 치유되는 것 같아 보였습니다.

이제는 혼자서 눈물을 흘리거나 목놓아 우는 시기는 지났을 것이라 조심스레 생각해봅니다. 그의 슬픔이 무뎌지길 바라봅니다. 그리고 다른 가족들 역시 슬픔이 무뎌지길 바라봅니다.

슬픔을 견뎌내고 열심히 살아가려는 그들에게 존경과 응원의 마음을 보냅니다. 언제나 행복하고 건강하길 바랍니다.

■ 독자 여러분의 소중한 원고를 기다립니다

메이트북스는 독자 여러분의 소중한 원고를 기다리고 있습니다. 집필을 끝냈거나 집필중인 원고가 있으신 분은 khg0109@hanmail.net으로 원고의 간단한 기획의도와 개요, 연락처 등과 함께 보내주시면 최대한 빨리 검토한 후에 연락드리겠습니다. 머뭇거리지 마시고 언제라도 메이트북스의 문을 두드리시면 반갑게 맞이하겠습니다.

■ 메이트북스 SNS는 보물창고입니다

메이트북스 홈페이지 www.matebooks.co.kr

책에 대한 칼럼 및 신간정보, 베스트셀러 및 스테디셀러 정보뿐만 아니라 저자의 인터뷰 및 책 소개 동영상을 보실 수 있습니다.

메이트북스 유튜브 bit.ly/2qXrcUb

활발하게 업로드되는 저자의 인터뷰, 책 소개 동영상을 통해 책에서는 접할 수 없었던 입체적인 정보들을 경험하실 수 있습니다.

메이트북스 블로그 blog.naver.com/1n1media

1분 전문가 칼럼, 화제의 책, 화제의 동영상 등 독자 여러분을 위해 다양한 콘텐츠를 매일 올리고 있습니다.

메이트북스 네이버 포스트 post.naver.com/1n1media

도서 내용을 재구성해 만든 블로그형, 카드뉴스형 포스트를 통해 유익하고 통찰력 있는 정보들을 경험하실 수 있습니다.

STEP 1. 네이버 검색창 옆의 카메라 모양 아이콘을 누르세요. STEP 2. 스마트렌즈를 통해 각 QR코드를 스캔하시면 됩니다. STEP 3. 팝업창을 누르시면 메이트북스의 SNS가 나옵니다.